雨霁初晴

陈思和
宋炳辉

主编

四川人民出版社

图书在版编目（CIP）数据

雨霁初晴/陈思和，宋炳辉主编 . —成都：四川
人民出版社，2024.1
　　ISBN 978-7-220-13427-2

　　Ⅰ．①雨… Ⅱ．①陈… ②宋… Ⅲ．①中国文学-当
代文学-作品综合集 Ⅳ．①I217.1

中国国家版本馆 CIP 数据核字（2023）第 154313 号

YUJI CHUQING

雨霁初晴

陈思和　　宋炳辉　主编

出 版 人	黄立新
选题策划	李淑云
责任编辑	李淑云
封面设计	叶 茂
内文设计	李其飞
责任校对	吴 玥
责任印制	周 奇

出版发行	四川人民出版社（成都三色路 238 号）
网 址	http://www. scpph. com
E-mail	scrmcbs@sina. com
新浪微博	@四川人民出版社
微信公众号	四川人民出版社
发行部业务电话	(028) 86361653　86361656
防盗版举报电话	(028) 86361653
照 排	四川胜翔数码印务设计有限公司
印 刷	成都兴怡包装装潢有限公司
成品尺寸	155mm×230mm
印 张	14.25
字 数	165 千
版 次	2024 年 1 月第 1 版
印 次	2024 年 1 月第 1 次印刷
书 号	ISBN 978-7-220-13427-2
定 价	69.00 元

编选说明

一、本书编选宗旨：站在新世纪回眸百年中国文学，以其艺术精品展示后人，为未来中国保留一份20世纪中国文学的"古文观止"。

二、本书编选性质：既为广大中文专业的本科和专科学生提供一部篇幅不大、内容精要、适合阅读学习的20世纪中国文学作品选，也为一般文学爱好者提供一部艺术性强，并且凝聚了现代中国知识分子美好精神境界的美文选，值得读者欣赏和珍藏。

三、本书编选范围：20世纪文学中的优秀作品，以现代汉语创作为主，包括小说、诗歌、散文、戏剧。长篇小说和篇幅过长的中篇小说选取其最能体现作家艺术成就的精彩片段；但一般的中篇小说、短篇小说均收录全篇。篇幅过长的诗歌和多幕戏剧也采取选其精彩片段的方法。散文包括抒情性散文、议论性散文、杂文和其他相关文体，但不包括篇幅较大的报告文学和理论批评文章。一般不选入旧体诗词。

四、本书编选体例：其顺序为［1］篇名；［2］作家简介；［3］作品正文；［4］作家的话；［5］评论家的话。其中［4］选取作家本人有关的创作谈。如一时找不到的，则空缺。［5］选取较权威的评论家已发表的对所选作品的批评或就作家整体风格的批评意见。通常选一到两则。如一时找不到的，由参与本书编辑工作的有关人员撰写，但不标"评论家的话"，而标"推荐者的话"，以示区别。

五、本书编选原则：本书强调感人的语言艺术和知识分子人格力量相融合的审美标准，强调真正的艺术创造是超越时间和空间限制而永存于世的文学观念，一般不考虑文学史的需要，不考虑思潮流派的代表性，也不考虑作家在现实社会中的地位和影响。

六、本书编选方式：本书所选作品，要求选其最好的版本。若有作家多次修改的作品，应在比较各种版本的基础上，以其艺术表现最成熟的版本为准，也会参考其他版本稍作修改。

七、本书编排顺序：基本按作品写作时间的前后排列，若无从考其写作年月，则以其初刊年月为准。相同作家的作品，也按其写作或发表时间的前后排列。

八、本书初版由复旦大学中文系现代文学教研室与中央广播电视大学等单位共同编辑，陈思和与李平担任主编，邓逸群与宋炳辉担任副主编，共同负责全书的策划、协调、审读、定稿等工作。参加工作的具体人员是：王东明、苏兴良、李平、钱旭初、韩鲁华、陈利群（主要负责小说编选）；李振声、张新颖、宋炳辉、梁永安（主要负责诗歌与散文作品的编选）；杨竞人、邓逸群（负责戏剧作品的编选）。另外，张业松也参加过部分工作。本书初版由上海学林出版社 1999 年出版。

本次修订，主要由宋炳辉负责，参与者有：郜元宝、张新颖、王光东、宋明炜、段怀清、金理等。陈思和最后审定。此次修订，对当代部分做了一些调整，新增了韩松、王小波、迟子建、阎连科等作家的相关篇目。

九、我们必须声明的是，这并不是十全十美的选本，更不是唯一的经典的选本，它只是一个能够比较自由地表达编者的文学审美观念的选本，希望读者能够从中获得人格的影响和美的熏陶。对于有些地区的作品（如香港、台湾地区等），因为资料的缺乏和信息的不敏，我们并无十分的把握，难免有遗珠之憾。"作家的话"和"评论家的话"两部分，因为不能翻阅所有的资料，肯定有许多选得不甚到位。我们希望读者能给以认真的批评和建议，以便以后再版时能有所修订增补，使其尽可能地接近于完美。

主编：陈思和　宋炳辉

目 录
CONTENTS

沈从文

随笔二则

　　沈从文，原名沈岳焕，苗族，1902 年出生于湖南凤凰。1918 年小学毕业后，加入地方军队，辗转湘、川、黔、鄂诸省边界地区。1923 年到北京，自学写作，1926 年开始发表作品。1929 年起，先后任教于中国公学、武汉大学、青岛大学、昆明西南联大、北京大学，其间曾参与编辑《大公报》《益世报》的文艺副刊。新中国成立前，著有《边城》《湘行散记》《八骏图》等代表作品。其小说题材广泛，笔墨清淡，大多以湘西为背景，尤以描写青年男女的爱情故事见胜，情节曲折，心理刻画细致，具有强烈的地方色彩；散文也多描绘湘西风情，文字素淡清丽，表现出一种淳朴而宁静的意境。1949 年以后，基本停止文学创作，长期从事历史文物研究，先后在中国历史博物馆、故宫博物院研究出土文物、工艺美术及古代服饰史，著有《中国古代服饰研究》一书。1988 年去世。20 世纪 80 年代有《沈从文文集》行世，90 年代有《从文家书》等遗著出版。

一、 五月卅下十点北平宿舍

很静。不过十点钟。忽然一切都静下来了，十分奇怪。第一回闻窗下灶马振翅声。试从听觉搜寻远处，北平似乎全静下来了，十分奇怪。不大和平时相近。远处似闻有鼓声连续。我难道又起始疯狂？

两边房中孩子鼾声清清楚楚。有种空洞游离感起于心中深处，我似乎完全孤立于人间，我似乎和一个群的哀乐全隔绝了。绿色的灯光如旧，桌上稿件零乱如旧，靠身的写字桌已跟随了我十八年，桌上一张相片，十九年前照的，丁玲还像是极熟习，那时是她丈夫死去二月，为送她遗孤回到湖南去，在武昌城头上和［凌］叔华一家人照的。抱在叔华手中的小莹，这时已入大学，还有那个遗孤韦护，可能已成为一个青年壮士，——我却被一种不可解的情形，被自己的疯狂，游离于群外，而面对这张相片发呆。

十分钟前从收音机中听过《卡门》前奏曲、《蝴蝶夫人》曲、《茶花女》曲，一些音的涟漪与坡谷，把我的生命带到许多似熟习又陌生的过程中，我总想喊一声，却没有作声，想哭一哭，没有眼泪，想说一句话，不知向谁去说。

我的家表面上还是如过去一样，完全一样，兆和健康而正直，孩子们极知自重自爱，我依然守在书桌边，可是，世界变了，一切失去了本来意义。我似乎完全回复到了许久遗忘了的过去情形中，和一切幸福隔绝，而又不悉悲哀为何事，只茫然和面前世界相对，世界在动，一切在动，我却静止而悲悯地望见一切，自己却无分，凡事无分。我没有疯！可是，为什么家庭还照旧，我却如此孤立无援无助的存在。为什么？究竟为什么？你回答我。

我在毁灭自己。什么是我？我在何处？我要什么？我有什么不愉快？我碰着了什么事？想不清楚。

我希望继续有音乐在耳边回旋，事实上只是一群小灶马悉悉叫着。我似乎要呜咽一番，我似乎并这个已不必需。我活在一种可怕的孤立中。什么都极分明，只不明白我自己站在什么据点上，在等待些什么，在希望些什么。

夜静得离奇。端午快来了，家乡中一定是还有龙船下河。翠翠，翠翠，你是在一〇四小房间中酣睡，还是在杜鹃声中想起我，在我死去以后还想起我？翠翠，三三，我难道又疯狂了？我觉得害怕，因为一切十分沉默，这不是平常情形。难道我应当休息了？难道我……

我在搜寻丧失了的我。

很奇怪，为什么夜中那么静。我想喊一声，想哭一哭，想不出我是谁，原来那个我到什么地方去了呢？就是我手中的笔，为什么一下子会光彩全失，每个字都若冻结到纸上，完全失去相互间关系，失去意义？

1949 年 5 月 30 日

二、 致张兆和

三姐：

你和巴金昨天说的话，在这时（半夜里）从一片音乐声中重新浸到我生命里，它起了作用。你说："你若能参军，我这里和孩子在一起，再困难也会支持下去。"我温习到十六年来我们的过去，以及这半年中的自毁，与由疯狂失常得来的一切，忽然像醒了的人一样，也正是我一再向你预许的一样，在把一只大而且旧的船做掉头努力，扭过来了。音乐帮助了我。说这个，也只有你明白而且相信的！

我似乎明白了一点，也从那一切学习了更深的人生，要有个新的决定，待和你来商量了。我要照你所希望去为"人"做点事情。目下说来也许还近于一时兴奋，但大体上已看出是正常的理性回复。正如久在高热狂乱中的病人，要求过分的工作，和拒绝一切的善意提议，都因为是还在病中，才如此。这时节却忽然心中十分柔和，十分柔和，看什么都极柔和。这里正有你一切过去印象的回复。三姐，我想我在逐渐变了。你可不用担心，我已通过了一种大困难，变得真正柔和得很，善良得很。

我看了看我写的《湘西》，上面批评到家乡人弱点，都恰恰如批评自己。想起昨天巴金萧乾说的，我过去在他们痛苦时，劝他们的话语，怎么自己倒不会享用？许多朋友都得到过我的鼓励，怎么自己反而不能自励？我似乎第一次新发现了自己。写了个分行小感想，纪念这个生命回复的种种。我已觉得走了好一段路，得停停了。我常告你的话，你不相信，这么一来，你会明白我说的意义了。一只直航而前的船，太旧了，掉头是相当吃力的！

有个十分离奇的情形，即一切书本上的真理，和一切充满明智和善意的语言，总不容易直接浸入我头脑中，压迫和冷漠，也不能完全征服我。我曾十分严格的自我检讨分析，有进有退，终难把自己忘掉，尤其是不能把自己的意见或成见忘掉。可是真正弱点是一和好音乐对面，我即得完全投降认输。它是唯一用过程来说教，而不以是非说教的改造人的工程师。一到音乐中，我就十分善良，完全和孩子们一样，整个变了。我似乎是从无数回无数种音乐中支持了自己，改造了自己，而又在当前从一个长长乐曲中新生了的。

我一定要使你愉快，如果是可能的，我要请求南下或向东北走走。

人不易知人，我从半年中身受即可见出。但我却从这个现实教育中，知道了更多"人"。大家说向"人民靠拢"，从表面看，我似乎是个唯一游离分子，事实上倒像是唯一在从人很深刻的取得教育，也即从"不同"点上深深理解了人的不同和相似。你若不信，大致到我笔能回复时，即可一一写出来。我实在应当迎接现实，从群的向前中而上前。因为认识他们，也即可在另一时保留下一些在发展中的人和社会，一一重现到文字中，保留到文字中。这工作必然比清理工艺史还对我更相宜。因为是目下活人所需。也是明天活人要知道的。就通泛看法说，或反而以为是自己已站立不住，方如此靠拢人群。我站得住，我曾清算了我自己，孤立下去，直至于僵仆，也还站得住。可是我已明白当前不是自己要做英雄或糊涂汉时代。我乐意学一学群，明白群在如何变，如何改造自己，也如何改造社会，再来就个人理解到的叙述出来。我在学做人，从在生长中的社会人群学习，要跑出午门灰扑扑的仓库，向人多处走了。我已起始在动，一种完全自发的动。这第一步路自然还是并不容易迈步，因为我心实在受了伤，你不明白，致我于此的社会因子也不会明白。我的动，是在成全一些人，成全一种久在误解中存在和发展的情绪，而加以解除的努力。

我要从动中将一切关系重造。人并不容易知人。十余年来我即和你提到音乐对我施行的教育极离奇，你明白，你理解。明白和理解的还只是一小部分，可不知更深意义，即提示我的单纯，统一我复杂矛盾而归于单纯，谧静而回复本性，忘我而又得回一个更近于本来的我。或许它作成的，还是一种疯狂，提高自大和自卑作成暂时的综合或调和，得到的一种状态。但是，它有用处，因为它是比自我检讨与分析所永远得不到的总结，而音乐却为之清理出了个头绪。

三三，你理解到这一点时，我们就一同新生了。

我需要有这种理解。它是支持我向上的梯子，椅子，以及一切力量的源泉。

二哥从文

1949 年 9 月 20 日午夜

选自《从文家书》

上海远东出版社 1996 年版

作家的话 ◈

　　给我不太痛苦的休息，不用醒，就好了，我说的全无人明白。没有一个朋友肯明白敢明白我并不疯。大家都支吾开去，都怕参与。这算什么，人总得休息，自己收拾自己有什么不妥？学哲学的王逊也不理解，才真是把我当了疯子。我看许多人都在参与谋害，有热闹看。

沈从文在张兆和给他的信 1949 年 1 月 30 日上写的批语

　　生命在发展中，变化是常态，矛盾是常态，毁灭是常态。生命本身不能凝固，凝固即近于死亡或真正死亡。唯转化为文字，为形象，为音符，为节奏，可望将生命某一种形式，某一种状态，凝固下来，形成生命另外一种存在和延续，通过长长的时间，通过遥遥的空间，让另外一时另一地生存的人，彼此生命流注，无有阻隔。文学艺术的可贵在此。文学艺术的形成，本身也可说即充满了一种生命延长扩大的愿望。至少人类数千年来，这种挣扎方式已经成为一种习惯，得到认可。凡是人类对于生命青春的颂歌，向上的理想，追求生活完美的努力，以及一切文化出于劳动的认识，种种意识形态，通过各种材料、各种形式，产生创造的东东西西，都在社会发展（同时也是人类生命发展）过程中，得到认可、证实，甚至于得到鼓舞。因此，凡是有健康生命所在处，和求个体及群体生存一样，都必然有伟大文学艺术产生存在，反映生命的发展，变化，矛盾，以及无可奈何的毁灭。（对这种成熟良好生命毁灭的不屈、感慨或分析）文学艺术本身也因之不断地在发展，变化，矛盾和毁灭。但是也必然有人的想象以内或想象以外的新生，也即是艺术家生命愿望最基本的希望，或下意识的追求。而且这个影响，并不是特殊的，也是常态的。其中当然也会包括一种迷信成分，或近于迷信习惯，使后来者受到它的约束。正犹如近代科学家还相信宗教，一面是星际航行已接近事实，一面世界上还有人深信上帝造物，近代智慧和原始愚昧，彼此共存于一体中，各不相犯，矛盾统一，契合无间。因此两千年前文学艺术形成的种种观念，或部分、或全部在支配我们的个人的哀乐爱恶情感，事不足奇。约束限制或鼓舞刺激到某一民族的发展，也是常有的。正因为这样，也必然会产生否认反抗这个势力的一种努力，或从文学艺术形式上作种种挣扎，或从其他方面强力制约，要求文学艺术为之服务。前者最明显处即现代腐朽资产阶级的无目的无一定界限的文学艺术。其中又大有分别，文学多重在对于传统道德观念或文字结构的反叛。艺术则重在形式结构和给人影响的习惯有所破坏。特别是艺术最为突出。也变态，也常态。从传统言，是变态。从反映社会复杂性和其他物质新形态而言，是常态。不过尽管这样，我们还是有如下事实，可以证明生命流转如水的可爱处，即在百丈高楼一切现代化的某一间小小房子里，还有人读荷马或庄子，得到极大的快乐，极多的启发，甚至于不易设想的影响。又或者从古埃及一个小小雕刻品印象，取得他——假定他是一个现代大建筑家——所需要的新的建筑装饰的灵感。他有意寻觅或无心发现，我们不必计较，受影响得启发却是事实。由此即可证明艺术不朽，艺术永生。有一条件值得记住，必须是有其可以不朽和永生的某种成就。自然这里也有种种的偶然，并不是什么一切好的都可以不朽和永生。事实上倒是有更多的无比伟大美好的东西，在无情时间中终于毁了，埋葬了，或被人遗忘了。只偶然有极小一部分，因种种偶然条件而保存下来，发生作用。不过不管是如何的稀少，却依旧能证明艺术不朽和永生。这里既不是特别重古轻今，以为古典艺术均属珠玉，也不是特别鼓励现代艺术完全脱离现实，以为当前没有观众，千百年后还必然会起巨大作用。只是说历史上有这么一种情形，有些文学艺术不朽的事实。甚至于不管留下的如何少，比如某一大雕刻家，一生中曾做过千百件当时辉煌全世的雕刻，留下的不过一个小小塑像的残余部分，却依旧可反映出这人生命的坚实、伟大和美好。无形中鼓舞了克服一切困难挫折，完成他个人的生命。这是一件事。另一件是文学艺术既然能够对社会对人发生如此长远巨大影响，有意识把它拿来、争夺来，为新的社会观念服务。新的文学艺术，于是必然在新的社会——或政治目的制约要求中发展，且不断变化。必须完全肯定承认新的社会早晚不同的要求，才可望得到正常发展。这就是社会主义制度下对文学艺术的要求。事实上也是人类社会由原始到封建末期、资本主义烂熟期，任何一时代都这么要求的。不过不同处是更新的要求却十分鲜明，于是也不免严肃到不易习惯情形。政治目的虽明确不变，政治形势、手段却时时刻刻在变，文学艺术因之创作基本方法和完成手续，也和传统大有不同，甚至于可说完全不同。作者必须完全肯定承认，作品只不过是集体观念某一时某种适当反映，才能完成任务，才能毫不难受地在短短不同时间中有可能在政治反复中，接受两种或多种不同任务。艺术中千百年来的以个体为中心的追求完整、追求永恒的某种创造热情，某种创造基本动力，某种不大现实的狂妄理想（唯我为主的艺术家情感）被摧毁了。新的代替而来的是一种也极其尊大，也十分自卑的混合情绪，来产生政治目的及政治家兴趣能接受的作品。这里有困难是十分显明的。矛盾在本身中即存在，不易克服。有时甚至于一个大艺术家，一个大政治家，也无从为力。他要求人必须这么做，他自己却不能这么做，做来也并不能令自己满意。现实情形即道理他明白，他懂，他肯定承认，从实践出发的作品可写不出。在政治行为中，在生活上，在一般工作里，他完成了他所认识的或信仰的，在写作上，他有困难处。因此不外两种情形，他不写，他胡写。不写或少写倒居多数。胡写则也有人，不过较少。因为胡写也需要一种应变才能，作伪不来。这才能分两种来源：一是"无所谓"的随波逐流态度，一是真正的改造自我完成。截然分别开来不大容易。居多倒是混合情绪。总之，写出来了，不容易。

《抽象的抒情》

评论家的话 ◈

看了这几封信，我对沈先生转业的前因后果，逐渐形成一个比较清晰的轮廓。

从一个方面说，沈先生的改行，是"逼上梁山"，是他多年挨骂的结果，左、右都骂他。沈先生在写给我的信上说：

"我希望有些人不要骂我，不相信，还是要骂。根本连我写什么也不看，只图个痛快。于是骂倒了。真的倒了。但是究竟是谁的损失？"

沈先生的挨骂，以前的，我不知道。我知道的，对他的大骂，大概有三次。

一次是抗日战争时期，约在 1942 年顷，从桂林发动，有几篇很锐利的文章，我记得有一篇是聂绀弩写的。聂绀弩我后来认识，是一个非常好的人。他后来也因黄永玉之介去看过沈先生，认为那全是一场误会。聂和沈先生成了很好的朋友，彼此毫无芥蒂。

第二次是1947年，沈先生写了两篇杂文，引来一场围攻。那时我在上海，到巴金先生家，李健吾先生在座。李健吾先生说，劝从文不要写这样的杂论，还是写他的小说。巴金先生很以为然。我给沈先生写的两封信，说的便是这样的意思。

第三次是从香港发动的。1948年3月，香港出了一本《大众文艺丛刊》，撰稿人为党内外的理论家。其中有一篇郭沫若写的《斥反动文艺》，文中说沈从文"一直是有意识地作为反动派而活动着"。这对沈先生是致命的一击。可以说，是郭沫若的这篇文章，把沈从文从一个作家骂成了一个文物研究者。事隔30年，沈先生的《中国古代服饰研究》却由科学院院长郭沫若写了序。人事变幻，云水悠悠，逝者如斯，谁能逆料？这也是历史。

已经有几篇文章披露了沈先生在解放前后神经混乱的事（我本来是不愿意提及这件事的），但是在这以前，沈先生对形势的估计和对自己前途的设想是非常清醒，非常理智的。他在1948年12月7日写给吉六君的信中说：

"大局玄黄未定……一切终得变。从大处看发展，中国行将进入一个崭新时代，则无可怀疑。"

基于这样的信念，才使沈先生在北平解放前下决心留下来。留下来不走的，还有朱光潜先生、杨振声先生。朱先生和沈先生同住在中老胡同，杨先生也常来串门。对于"玄黄未定"之际的行止，他们肯定是多次商量过的。他们决定不走，但是心境是惶然的。

……

不幸而言中。沈先生对自己搁笔的原因分析得再清楚不过了。不断挨骂，是客观原因；不能适应，有主观成分，也有客观因素。解放后搁笔的，在沈先生一代人中不止沈先生一个人，不过不像沈先生搁得那样彻底，那样明显，其原因，也不外是"思"与"信"的矛盾。30多年来，直到"文化大革命"结束，中国文艺的主要问题也是强调"信"，忽略"思"。十一届三中全会以后，新时期十年文学的转机，也正是由"信"回复到"思"，作家可以真正地独立思考，可以用自己的眼睛观察生活，用自己的脑和心思索生活，用自己的手表现生活了。

北京一解放，我们就觉得沈先生无法再写作，也无法再在北京大学教书。教什么呢？在课堂上他能说些什么话呢？他的那一套肯定是不行的。

……

从写小说到改治文物，而且搞出丰硕的成果，失之东隅，收之桑榆，就沈先生个人说，无所谓得失。就国家来说，失去一个作家，得到一个杰出的文物研究专家，也许是划得来的。但是从一个长远的文化史角度来看，这算不算损失？如果是损失，那么，是谁的损失？谁为为之，孰令致之？这问题还是很值得我们深思的。我们应该从沈从文的转业得出应有的历史教训。

汪曾祺：《沈从文转业之谜》

巴　金
奥斯威辛集中营的故事

　　巴金，原名李尧棠，字芾甘。原籍浙江嘉兴，1904 年
出生于成都。1923 年到上海读书，1928 年赴法国从事考察
研究，1929 年发表小说处女作《灭亡》，后来创作的长篇小
说《家》《寒夜》等作品被视为现代文学的重大成就。1949
年后，曾响应政府的号召，积极从事新题材、新主题、新
人物的写作，著有短篇小说《团圆》、散文《奥斯威辛集中
营的故事》《从镰仓带回的照片》等。"文革"中受尽迫害，
1973 年自"干校"回城后，悄悄从事屠格涅夫的《处女地》
和赫尔岑的《往事与随想》的翻译；新时期则以五卷《随
想录》震动文坛，作者从自己的经历出发，提倡"讲真话"，
在反思"文革"这一历史悲剧的同时，对自己也进行了深
刻的反省，体现了当代知识分子的良知和人格力量。其一
生的创作，在对理想社会的憧憬和不断探求中，作品的基
调经历了从热情执着略带凄婉，到热烈欢快坚定高昂，再
到严峻而深刻、浓情而率直的起伏变化。在写作之外，还
倡议建立和支持中国现代文学馆。2005 年于上海病逝。

一、 "到啦！到啦！"

接连的敲门声把我惊醒了。那个招待我们的波兰朋友阿来克斯在廊上大声叫着："到啦！到啦！"我推开房门到廊上去，才看见火车停在一个冷清清的小站上。有两个铁路工人模样的中年人在月台上谈话。此外便是一片静寂。没有什么异常的景象。

"这就是奥斯威辛①么？"我看见阿来克斯还站在走廊的另一头，便提高声音向他问道。

"奥斯威辛。"他短短地回答，一面在点头。他不会错。这个地方他太熟悉了。他在这里住了五年。他的父母都死在这里。他的左膀上还留着一个永远洗不掉的蓝色号码。

我忽然打了一个冷噤，好像有一股寒风迎面吹来似的。"这个荒凉的欧洲小镇，就是德国纳粹屠杀过五百万人②的地方吗？"我惊疑地问我自己。

没有人下车。也不见有什么动静。阿来克斯的声音传过来："先去餐厅吃早饭。八点钟下车。"我看表，刚刚过七点钟。从华沙到这

---

① 奥斯威辛：(Oswiccim，波兰人读作窝西威安齐门)，波兰南部的一个小城，在克拉科的西面，人口约一万二千。波兰被三国瓜分后，奥斯威辛跟克拉科一样也成了奥国的领土（它的德文名字是 Auschwitz），第一次世界大战后波兰复国时才把它收回。

② 也有人说数目是四百万。这里的五百万是根据达为多夫斯基教授（Prof. Dawidowskki）率领的调查团的专家们的计算，又据奥斯威辛火车站的一个职员斯旦纳克（Mr. Stanck）说。一九四二到一九四四这三年中间一共有三百八十五万囚人由铁路运到奥斯威辛来。但早在一九四〇年德国纳粹就在奥斯威辛创设集中营了。

里，我们只坐了七个钟头的火车。

到八点钟，我们全下车了：除了中国代表团以外，还有罗马尼亚、匈牙利、阿尔巴尼亚、阿根廷的代表们。苏联代表团中的尼古拉大主教也在这里，他的高帽，他的长须，他的黑袍，他的手杖在我们的眼里显得十分亲切，这几天来连他的声音我们也听惯了。

空气寒冷，我们的头上盖着一个阴沉的灰天，当地的居民到车站来欢迎我们，讲了话。好几部大汽车把我们送到集中营去。在路的两旁我们看见不少的红旗，旗上现着白色的大字：和平。每一面旗有一种文字，我看到了用八国文字写出的和平。

车子停在集中营的大门前。我远远地就看见了作为门方高高地横挂在门口的那一行德国字："劳动使人自由。"怎么！这个"自由"是什么意思？我要笑了。但是在这时候我觉得脸上的肌肉在搐动。我笑不出来。

我们下了车，脱了帽，在纪念碑前献了花。然后大家默默地走进集中营去了。我们都不想说话，好像在殡仪馆中哀悼死去的朋友一样。阿来克斯给我们带路。我们一共是三十八个中国人。别的国家的代表们已经跟我们分开了。

二、 模范营

"我们现在走进奥斯威辛集中营了，"阿来克斯对我们解释道，"这一部分就是所谓模范营，是准备给人参观的。单从外表看，这里囚人的生活也许还要胜过希特勒德国的工人的生活呢！劳动使人自由，这是德国纳粹的一个大谎话！"阿来克斯的声音似乎是平静的，可是我觉得那里面含着强烈的憎恨。他是一个二十四岁的青年，一个打红领带的青年团团员，他给德国人关进这里的时候还只有十四岁的光景。五年的地狱生活应该给他留下不少的痛苦的记忆，这里的土地就掺和了他的父母的血和骨灰。他现在还能够用平静的声音说话，这个勇敢的孩子，他的心太坚强了！

的确，从外表上看，这里好像是机关职员的宿舍，或者中产阶级的舒适的住宅。在宽敞的路的两旁立着二十八所红砖砌的两层的楼房。每一所房屋都带着同样的和平的外貌。墙头挂着牌子，写明房间的号码。门开着，它们泄露了纳粹的屠户们尽力想掩饰的秘密。这些房屋现在已经成为纳粹暴行的博物馆了。

"但是就在那个时候，有一件东西也是他们没法隐藏的，这就是那双层的电网，网上通着高度的电流，谁触到它们，就会得着死亡，倘使劳动使人自由，那么这些电网装来做什么用呢?"阿来克斯继续说，这一次他的脸上现出愤怒的表情，他的眼睛射出憎恨的光。

我也看到了那些电网，柱子有四公尺高，两道网中间有一公尺的距离。电网的里外两边都有一道简单的铁丝栏杆，在这道铁栏的一些矫木柱上，钉了长方形的木牌，牌上绘着一个骷髅，骷髅下交叉着两根人骨，画旁边用德文和波兰文写着"站住"。这就是所谓"安全栏"了。沿着电网，像鬼影似的耸立着一些瞭望塔，据说阿来克斯住在这里的时候，塔里面不分日夜都有纳粹党卫军在看守，他们准备着随时开起机关枪射杀那些企图逃走的囚人。

其实囚人是没有逃走的机会的。一个党卫军的头目弗立哥（Fritsch）上尉就对一批一批的新来的囚人说过这样的话："我警告你们说，你们不是到一个疗养院来，你们是到一个德国的集中营来，你们除了从烟囱里出去外，就没有别的路走出这儿。谁要是不喜欢这个地方，他可以马上走到电网那儿。倘使这里头有犹太人，他们没有权利活过两个星期；倘使这里头有教士，他们还可以活一个月；别的人可以活三个月。"

他没有骗人。从一九四〇年到一九四五年一月这五年中间有五百万人到过这个地方。可是一九四五年一月二十二日苏联军队解放奥斯威辛的时候，集中营里就只剩了五六千个病重的囚人。德国的屠户们逃走时带去了五万八千个不幸者，其中有许多在中途就被枪杀了。的确有五百万人是在焚尸炉中烧成灰从烟囱里出去的。

三、 博物馆

阿来克斯把我们引进一所房屋去。博物馆的负责人出来招待我们。年轻的说明员领我们去参观每一间陈列室。说明员讲波兰话，由阿来克斯给我们译成英语，我们中间也有人用中国话解说给一些同志听。

参观开始了，我们由一个陈列室走到另一个陈列室，由一所房屋走到另一所房屋。房间有大有小，陈列品有图片，有模型，有实物，有文字，有图表。每一所房屋有它的说明员。说明员不止一个，参观的人也不只我们这一组，跟我们同火车来的各国代表全到了。在一个大的陈列室里面，人可以听到各国语言：俄语、西班牙语、法语、匈牙利语。不同的语言解说着一个同样的故事：五百万无辜的人怎样在这里死亡。这不是故事，这不是空话。这是铁一般的事实。在这里没有一个人对它表示怀疑，可是所有的人都带着惊疑和痛苦在问自己：怎么能让这种事继续进行了五年？怎么能够束手让那五百万无辜的人白白地死去？

我们的脚步变得沉重了。每个人的脸上都现出痛苦的表情。我不断地听见人在叹息、吐气。我的心好像被什么东西在刺着、绞着。我真愿意有一只大手来蒙住我的眼睛，可是我仍旧睁大它们，似乎要把眼前的一切刻印在我的脑了里面。

我们在注意地看什么呢？是人类的艺术的成就么？是近代科学的发明么？是大自然的美景么？是生命的奇迹么？我们是在参观？我们是在"学习"？

不，我们在看人类的受难。

这里是毒气房的模型，那里是焚尸炉的照片。堆在这里的两吨头发①使人想到那三万二千个欧洲女人的青春时期的美梦；放在那个玻璃橱里的用女人头发织成的床毯在向人控诉纳粹的暴行。这个房间有成堆的梳子，那个房间有成堆的洋铁杯；这里是堆得像小山一样高的眼镜，那里是数不清的剃须刷子；皮鞋堆了一个房间，男人的、女人的、小孩的，分别堆在三个地方，这只是剩余的一部分旧鞋。在另一个房间里，一排长方形的木台上堆着无数的假手假脚，木台前有一道很低的铁丝栏杆，我们伸出手去，也许可以摸到这些曾经跟活人连在一起的东西，连残废的人也无法苟全性命。许多手

---

① 纳粹撤退时，来不及运走留在仓库里的女人头发一共有七吨。这里只陈列了两吨。

提箱凌乱地堆在一个房间里，箱子盖上还留着用白色笔写下来的欧洲各大城市的名字。一个长长的玻璃橱柜中陈列着欧洲各国的纸币，这都是无辜的死者留下来的。他们从欧洲各国被骗到这里来，死在毒气房内，身子给烧成灰，埋在土坑里，洒在沼地上，抛在维斯拉河或索拉河中了。一个纪念犹太人受难的房间里，在那朴素的纪念碑前面有人奉献了大束的鲜花，碑的上方用犹太文写道："要牢牢记住"。纳粹的一个头目赫斯曾经招认过：至少有二百五十万从欧洲各国来的犹太人被毒死在奥斯威辛——布惹秦加①。布惹秦加离奥斯威辛有三公里，布惹秦加毁灭营是奥斯威辛集中营的附属机关，也就是它的连号。毒气房和焚尸炉都设在那个地方，但是它们在纳粹屠户们逃走的时候，全被炸毁或烧光了。我们看到一张焚尸炉的照片。在那个厅子里一共有十五个焚尸炉。每三个连在一起，炉门紧闭着，看起来好像是新式工厂里的设备，据说在这十五个炉子里每天可以烧掉三千二百具死尸。这种最新式的设备一共有四个②。有一个时期，这四个地方整天不停地烧着火，二十四小时里面烧毁了一万二千具尸首。但是毒气房每天却杀死更多的人。来不及的时候，屠户们就在冷僻的空地上挖个大坑，把尸首堆在坑里烧毁。我们在陈列室里看见了一个参加这种工作的囚人大卫·席木勒维奇③偷摄的照

---

① 布惹秦加：(Brzczinka)，它也有一个德文名字 Birkenau。

② 第一焚尸所是旧式的。纳粹屠户们本来还要建造第六焚尸所。可是后来发现在空地上挖坑焚尸比较省钱，便不再添造焚尸所了。

③ 大卫·席木勒维奇：这是一个在 Sonderkommando（特别队）工作的希腊籍囚人。他的姓名是 David Shmulcvich。《德国人在波兰的罪行》第一卷（英文本，1946）中把他的姓名误写作 David Grek，但在一九四八年出版的同书的法文本中则改正为"一个叫作大卫的希腊人"了。三张照片都是在一九四四年八月里偷摄的。

片。第一张是一群女囚人脱光衣服准备进毒气房时的摄影，另一张摄出在土坑里烧毁尸首的情形。

站在这两张照片的前面，一个朋友抓住我的膀子声音发颤地说："这怎么能够是真的？你得写，你得好好地写出来。"另一个年轻的同伴对着成堆的金丝发流眼泪。"我再没有见过比这更残酷的情景了。"第三个人说。这时候阿来克斯站在我们的旁边，昂起头，用坚定的声音给我们解说这一切可怕的情景。的确我们应该学学这个勇敢的青年，在敌人面前不应该示弱。

我们从楼下走到楼上，又从楼上走到楼下，从一间陈列室走到另一间陈列室，从一所房屋走到另一所房屋。我的脚步越来越沉重了，有什么东西压紧了我的心，我只想长长地吐一口气。

"这是十号，这是专门拿女人当作试验品的地方。"说明员指着那道关闭的门说，阿来克斯为我们把他的话译成英语。"在这里面经常关着一百五十个女人[①]，纳粹的医生和教授们就用她们来做各种医学上的实验，每一个女人都要经过好几次的手术，最后的报酬是枪毙，或进毒气房。那些实验都是很可怕的，很残酷的。在这所房屋里头，被宰割的女人的尖声哀叫始终没有断过。"

我知道他说的是真话，因为我看过这样的一段记载："在营里进行活人实验的主要负责人是德国妇科专家格劳倍格教授（Prof. Glauberg）。他和他的一个柏林的同事做这种实验工作，目的在发明X光透不过的新的物质。格劳倍格特别是一个有生意眼光的人，他是受着德国化学工业的委托来工作的，他每一次实验了一个女人，

---

① 一说是"五百个女人"。

便可以从德国化学工业那儿得到一大笔款子。他向集中营买了一百五十个女人来做这种实验。这些不幸的女人被放在一种特别的手术台上，然后用一个电的注射器把一种又浓又厚的、像水泥一样的东西塞进她们的阴道里面去。这种残酷的手术是借着 X 光来控制的。过后便开始了照相。这些不幸的女人痛得在台上翻来扭去，满身都是鲜血。每一个女人在三四个星期里面要经过这同样的手术三次到六次，这以后她们就害着子宫炎、卵巢炎、腹膜炎和输卵管发炎等等的病。"

这不过是"科学"实验的一种罢了。一百五十个女人只是一个小的数目，她们只是一个专家的实验品。在奥斯威辛，这样的专家是相当多的。此外有一个沙木尔医生①的助手制造了一种专门给女人阴道内部照相的器具。这也是一个残酷的刑罚。每次照相要花一个钟点，而且不只照一次。我再举出一个名字，那是柏林的教授舒曼博士（Dr. Schumann）。他专门从事不生育的试验。他自己关在一间铅的小屋子里面，管理着 X 光的强度，和照的时间的长短，把强度的 X 光集中在女人的卵巢上，一共要照五分钟到一刻钟。在这手术之后许多女人都吐得厉害，死去的也不少。要是她们能够活过三个月，舒曼博士还要在她们身上施行一次手术，割掉她们的一部分的性器官，拿出来仔细研究。经过这些手术以后，要是人还能够活下去，那么连强壮的女孩子也会变成外貌衰老的女人。其实对她们，活的机会是很少的。在那本记载德国罪行的书里面就有过这样的话：

————————

① 沙木尔医生：（Dr. Samuecl），是营里的一个囚人，他是一个德国籍的犹太人。他被迫担任这种科学实验的工作。

"他们明白那些女人经过了几次的实验，经过了一次的大手术以后，就不能再用来做实验品了，于是把她们直接送到布惹秦加的毒气房去。"

男人们也同样地被选出来做"科学实验"的实验品。不过他们的"刑场"也许不在这个地方。

我用憎恨的眼光望那红墙，望那关闭的门，我疑惑地想道："这会是真的么？那些医生，那些教授，他们不也是人，即使他们生在纳粹的德国，活在纳粹的德国，人对待人能够是这样的残酷？"但是我马上就记起了一本叫作《人造地狱》①的书，那是德国布痕瓦尔特集中营的一部有系统的记录。布痕瓦尔特集中营里有所谓"病理学部"，那里面就有不少的专家在从事尸体的科学的研究。而且活剥刺花的人皮作为展览的珍品。那些靠着法西斯养料生活的纳粹专家可以做出任何残酷的事情。我想到这里，突然打了一个冷噤。

"这是死墙，在那软木板前纳粹曾经枪杀了两万六千个囚人，死在木板旁边那个绞架上的人也不少。他们都是政治犯、地下工作者和共产党员，还有些优秀的科学家。"说明员的声音在我的耳边响了一忽儿。我一边听阿来克斯的翻译，一边从高高的铁栏里望那个十号房和十一号房中间的天井，望那块相当大的黑漆的木板，和那个耸立在墙边的绞架。我知道"死墙"的故事。被判死刑的囚人两手给纳粹们用有刺的铁丝缚得紧紧的，一直到刺陷进肉中，他们面向着死墙，由刽子手从后面朝他们的头打进枪弹去。

"墙下那一片土地浸透了烈士们的血。据说纳粹党卫军逃走时曾

---

① 《人造地狱》：一名《集中营的制度》，著者是倭根·柯刚（Eugen Kogon）。

经有人提议推倒死墙，搬走那片浸透血的泥土。可是他们来不及做许多事情，他们只毁掉了软木板。现在立在墙边的木板还是后来重做的。"阿来克斯继续把说明员的解释翻译给我们听。我的一双近视眼看不到血迹，可是我看见了放在木板前面的花圈。勇敢的死者并没有被人忘记，而且永远不会被人忘记。我记得一个叫作约瑟·雅心斯基（Jozef Jasinski）的二十七岁的波兰青年，他因为寄了一封信出去，叙述了集中营里的真实生活，在一九四四年九月十五日被绞死在布惹秦加。

十一号房的号牌上有一行波兰字，意思是"死屋"。"这是政治犯的牢房。这里头的情形可以跟历史上最可怕的监牢相比。"当我的脚踏上门前台阶的时候，我听见说明员的这样的解释。我立刻想到了巴斯底，想到了彼得保罗要塞，想到了席吕塞尔堡。但是纳粹特务们的残酷超过了专制的帝王。从彼得保罗要塞和席吕塞尔堡，还有不少的囚人活着出来，用他们的著作丰富了世界文学的宝库。而这里却是一所名符其实的死屋，没有一个囚人能够活着走下这个台阶。但是今天我们却昂着头进去了。

审判室里还挂着希特勒的照片，室里的陈设保存着原来的样子。据说在当时一点钟里面可以审判六十个人。这里有好些监房，房里缺少流通的空气，纳粹特务们像堆沙丁鱼似的把囚人堆在床上，除了冻和饿之外，他们还发明种种残酷的刑罚来对付囚人。我们到了地下室，在那儿看见一个小小的房间，水门汀的地上只有一个小木桶，没有床，没有桌椅。这个地方经常关着三十个囚人。那扇木板门现在永远开着，上面留着许多人的名字。我认出一个用绿墨水写下的苏联战俘的姓名：莫斯科的尼可拉·谢米诺夫①。我没有时间，我也没有勇气再去辨认别人的笔迹。在这扇木门上，那些勇敢的死者在对我们讲话。他们要我们给他们证明他们并非白白死去。我记得布痕瓦尔特集中营里的一个故事：一九四一年春天，一个维也纳的电影制片家汉伯尔（Hamber）因为是一个犹太人，在集中营里被纳粹特务们虐杀了。他的兄弟亲眼看见了哥哥的死亡，他到集中营负责人那里去控告。所有其他的见证人都不敢说一句真话，但是弟弟汉伯尔却勇敢地说："我知道我会为了这次的控告死去。不过将来，这些罪人也许会想到有人控告他们，便不敢那么大胆妄为。要是这样我就不会白白死去了。"他果然死在地牢里面。但是他的名字永远活在人们的心里。他的话至今还鼓舞着全世界爱和平的人。在这木门旁边就立着一个像杀死年轻的汉伯尔的地牢那样的东西，它也被人叫作"地牢"。在木门上留下密密麻麻的姓名的勇士，他们的骨灰早已跟波兰的土壤混合在一块儿了。波兰人不会忘记这些从欧洲各国来的殉道者。古老的波兰变成一个年轻的国家，这中间也曾得到他们的血的灌溉。

离开木门走不到几步，我就到了地牢。同来的朋友们都看过这个"东西"，而且陆续地走开了。我正朝着地牢走去的时候，一个朋友迎面过来，对我摇摇头痛苦地说："这么一个小地方，要站四个人！真可怕！"

说到"地牢"，绝没有人想到它会是这样的一个东西。这只是一个较大的烟囱。四周用砖墙围住，只有在靠近地面的地方开了一个

---

① 那个人的姓也许不是谢米诺夫，我现在记不清楚了。

小洞。现在已经把上层的砖拆掉了，我可以把手伸进去，我也可以爬过断墙从容地站在里面。可是在从前这砖墙一直高到屋顶，没有留一点缝隙，人被封在这里面，绝不能活着出来。坐地牢不过是一种慢性的死刑。汉伯尔就是被纳粹特务们这样处死的。

我们从一间陈列室走到另一间，从一所房屋走到另一所。我们看见了安放在空地上的打人架。这个特制的刑具上应该留着受难者的血吧。站在它面前，我仿佛看见一个人赤着上身伏在它上面，另一个人的粗大的手捏着铁棍朝那身上打去。这只是一个作家的幻想。铁棍安静地躺在架子上。它应该起锈了。

另外还有一些房屋也被囚人们叫作"死屋"。它们是那些被挑选了的囚人住的地方。纳粹屠户们在奥斯威辛的大门口大写着"劳动使人自由"的谎话，可是在集中营里却遵守着一个规律：只有能够劳动的人才有权生存。因此虽然营里也有医院，但是住院的病人却不断地让人带出去杀害。这种办法在奥斯威辛就叫作"挑选"。它使得没有一个人敢进医院。于是党卫军的医生们就扩大了这种挑选的行动。他们开始在一般的囚人中间挑选病人，他们并不检验身体，只凭个人的印象，只凭囚人的相貌，断定一个人的生死，所以身体虚弱的囚人一看到医生们到来，立刻昂头挺胸，努力避免现出生病的样子。可是这也没有用。那个维也纳人保罗·克吕格尔（Paul Krüger）只因为身上有一个盲肠炎的旧伤疤，就被选中了。看了营里留下来的统计表，我们知道在一九四三年八月二十九日到一九四四年十月二十九日这十四个月中间，单是在布惹秦加的验疫营一个地方就有七千六百十六个人中选死亡，刑场就在二十号房的外科手术室或者二十八号房。杀人的利器是注射针。中选的人坐在一把类似牙医用的椅子上，两个囚人捉住他的两只手，第三个囚人拿着他的头，并且用毛巾缚住他的眼睛，然后纳粹屠户用一根长针刺进他的胸膛。被害的人并不马上死去，他只觉得眼睛发黑，什么都看不见。另外那几个帮忙打针的囚人便把他带进隔壁一间屋子，让他倒在地板上，他在那里还可以活二十分钟。那个叫作克勒尔（Josef Klehr）的党卫军班长对这种注射很感兴趣。要是他觉得医生们挑逃出来的囚人太少，他还要自己出去找寻。

十七号的号牌上写着"囚人生活"。这里有文字，有照片，有图表，有数字，有图画，有实物，有雕像。我看见了威颜木夫（Wiejmów）画的八万囚人点名图。点名是囚人生活中一个重要的节目。而且一天还不只点一次名。在一张图表上我看到"十二点至一点——点名"，"三点半至四点半——点名"的句子。连那些在劳动的中途死去的囚人也得由同伴们背回或者用手推车推回去参加点名。这样的死者是很多的。譬如一九四一年十一月四日，就有四百三十个囚人死在工作的地方。这情景也由一个画家布南特胡伯尔（Jerzy Brandhuber）表现在图画中了。一个房间里陈列了一些孩子的照片。在这里孩了们被强迫跟父母隔离了。从外面带进来的孩子是逃不掉毒气房的。而在集中营里生的婴孩，纳粹的医生会注射毒药杀死他们。一个雕像吸引了我的眼光。我一个人在它面前站了一忽儿，这是拉衣诺黑（H·Raymoch）的《母与子》（Matka Dziecko），母亲搂着孩子，用一只脚跪在地上。她只有极短的头发，人不留心地看一眼，也许会把她当作一个男人。这正是集中营的惯例：每个女人被带进来，最先就得剪掉头发。这些头发被人好好地保存成批地送到德国去，给专门的工厂做床毡的原料。在集中营成立的初期，女人还可以在奥斯威辛住一个时候，到后来毒气房和焚尸炉接连地建筑、扩充，女人们一下火车就让人直接送进了毒气房，"剪发"的工作只好留到焚尸之前跟拔牙的工作同时完成。营里有专门的"牙医"来拔去死人嘴里的金牙，而且每天有四十个因人被强迫来担任这种工作。我把《母与子》看了许久。我想着：这个母亲是在保护她的孩子，不肯让人们把他送进毒气房吗？这个母亲是在搂着孩子向人们哀求保全他的生命吗？我了解她的感情，因为我也有过母亲，而且我也有着孩子。那么我能够说出做母亲的在那个时候想着什么吗？"至少让孩子活下去吧！"她一定说过了这样的话。但是母亲和孩子全死了，也许病死在营里，也许毒死在毒气房中。纳粹杀死了无数的母亲和孩子，纳粹给波兰带来毁灭和死亡，给世界带来毁灭和死亡。他们定下了大的计划：要杀尽犹太人，使波兰人绝种，把吉卜赛人完全消灭。然而新的世界从废墟中产生了。波兰人仍旧活着，并且活得更勇敢；犹太人仍旧活着，吉卜赛人也仍旧活着。而希特勒和他的匪帮的骨灰却不知飘到哪里去了。

阿来克斯立在一个玻璃橱前面。橱里，上面的一层放着一个小小的木头做的东西。我们不知道这是什么。"这就是刺号码的工具，"阿来克斯愤恨地说，"每一个人来到营里，带的东西给抢光以后，手臂上先给刺一个号码，然后照三张相，自然是穿着条纹的因衣照的。我们都是这样地开始了集中营里的生活。这里全是我们的生活的说明。"他掉过头把房里的一些画和一些图表指给我们看。

的确，一种受难的生活在我们的眼前展开了。白色的墙壁立刻消去，时间马上倒退。我仿佛听见乐队在奏乐。我仿佛看见无数穿条纹因衣的人，缩着头经过大门朝各处走去。这是劳动的因人的队伍。他们在傍晚才回来，有的淌着血，有的弯着背，有的还用木架抬着同伴的死尸，有的把死尸背在背上，有的把死尸放在小车上推着，这时候也有乐队奏音乐在门口迎接他们。这乐队也是由囚人组织成的。后来当人们成群地走向毒气房的时候，也有这样的乐队"欢送"他们。所有的囚人都是在早晨四点钟起床，至于那些不做工的囚人，他们消磨时间的方法除了"点名"之外，还有"体操"和"运动"。举起双手跳舞，光着脚在石子地上跑，练习一秒钟脱帽行纳粹礼，这就是"体操"和"运动"。他们的整个上午的时间就花在跑和跳上面。凡是没有跑多久就跌下去的人，立刻被处死刑。十二点钟开始"点名"，需要四十五分钟，"点名"以后，有一刻钟喝汤的时间，就只有一点汤！阿来克斯告诉我们说，一碗汤给五个人喝，而且这些人早晨六点钟只喝过一点冷咖啡。喝了汤就得开始唱歌了。他们被强迫着唱他们不懂的粗俗的德国歌。要一直唱两个钟点，唱得不好，就被罚蹲下去唱，或者被打得伏在地上，脸碰着地。三点到六点半又是"体操"的时间。这以后又是"点名"，这次"点名"要花两个钟头。在整天的疲劳和饥饿之后，他们只得到一点面包和一点香肠（有时是果酱和黄油，星期六是干酪，但真正是一点点）作晚餐。有的囚人却必须一直在寒风里站到天明，还不能放下手来。

这样的生活！这样的饮食！所以一个一百六十五磅体重的波兰女人（第四四八八四号）在营里住了一年半以后，就减少了一百一十磅的体重；一个三十六岁的荷兰籍的犹太女人（第Ａ二七八五八号）在营里住了半年，被苏联军队救出的时候，她的体重只剩了五十磅。这样的情形是很多的。陈列室里面挂得有这种瘦得没有人样的活尸的照片。还有一张纳粹医生自己照的四个男孩的裸体照。我们中间没有谁敢走到前面去，仔细地看它一眼。这些小孩已经不活在世界上了。但是就在现在，那四对眼睛里，还射出来饥饿的光芒。就是在活着的时候，他们也只是四个孩子的鬼魂。

其实在奥斯威辛，他们的命运并不是最坏的。那些被关在"饿牢"里面的囚人还得羡慕他们呢。"饿牢"里监禁的是那班逃走时被捉住了的囚人。人很少有机会从这样的"地狱"里出来。可是有一次一个囚人居然活着走出了"饿牢"，而且把他的见闻告诉了世人。他这样说："门一打开，人便闻到一股可怕的腐尸的气味。等到我习惯了黑暗之后，我看见一个角落里有一个囚人的尸首，他的内脏都给拉出来了，另一个人的尸体半靠在他的身上，这也是一个囚人，他手里还拿着他从他那死了的同伴的身上挖出来的肝。他正要吃这肝的时候，就死掉了。"① 这样的事是任何人的脑筋所想象不出来的！

另一所房屋的号牌上写着"人民的谋杀"。在这里我们看出了博物馆工作人员在布置上所花的心血。这是纳粹暴行的总清算。这是法西斯主义的总结账。许多的引证，许多的照片，许多的图表……给我们说明了：国社党（纳粹）的成立，它的背景，它的组织，它的发展和它的罪行；也说明了：希特勒的历史，他的野心，他的阴谋，和他的征服世界、屠杀人民的"奋斗"②。在这里我们知道了是谁帮助了纳粹的发展，是谁促成了希特勒的成功，是谁支持了"第三帝国"的建立，是谁让德国重整了军备。在那几个帮助希特勒建立王国的大资本家中间，我看到了美国的亨利·福特和英国的 H·

---

① 《德国人在波兰的罪行》第一卷里面有着这样的一段话。
② 希特勒著了一本叫作《我的奋斗》的书，暴露了他的征服世界的野心。

狄特丁的名字。而且前些时候在西德被美国占领军释放了的奥斯瓦特·波尔将军①正是奥斯威辛的一个主要负责人，在这里有图表和文字说明他的罪行。

罪行多得没法计算，每一个数字都是用许多人的血和许多女人和孩子的泪写成的。这简单的数字代表着无数的被毁灭的家和被残杀的生命。一张大幅的图表上写明：纳粹把十八个国家里的犹太人、吉卜赛人、政治犯和战俘集中在奥斯威辛，用种种的方法让他们死去。这十八个国家是挪威、苏联、波兰、荷兰、比利时、德国、法国、卢森堡、南斯拉夫、捷克斯洛伐克、奥地利、意大利、阿尔巴尼亚、希腊、保加利亚、匈牙利、罗马尼亚、西班牙。在残余的档案中人们还发现囚人的更多的国籍：英国人、美国人、瑞士人、土耳其人、埃及人、波斯人，还有中国人。中国的什么人呢？怎么会落到纳粹的手里去？说明员也回答不了这样的问题。

罪行的确多得没法计算。屠杀之外还有抢劫，这是大规模的强盗行为。奥斯威辛的一个党卫军军官弗立兹·柏格曼（Fritz Bergmenn）曾经说过从奥斯威辛的犹太人那里拿走的贵重物品价值十亿马克。这些物品都是送到德国国库去了的，其实它们的价值要超过柏格曼的估计多少倍。纳粹另外又修建了三十五个特别的仓库来分类储藏和包扎他们从囚人身上抢来的别的赃物。后来在他们仓皇撤退之前，他们把二十九个仓库连里面的贼赃一块儿烧得干干净净。在剩下的六个仓库里面还有三十四万八千八百二十件整套的男人衣服，八十三万六千二百五十五套女人衣服，五千五百二十五双女人

---

① 　奥斯瓦特·波尔将军（Oswald Pohl）：党卫军的一个大头目。

皮鞋，三万八千双男人皮鞋，一万三千九百六十四张毛毯和别的许多东西。这些东西上面还保留着出品商店的商标，所有被希特勒征服的欧洲国家的名字都鲜明地印在那里。在营里的残余档案中人们看到纳粹党卫军的班长奈痕巴赫（Reichenbach）的报告，上面记载着从一九四四年十二月一日到一九四五年一月十五日这一个半月里面，一共有九万九千九百二十二套小孩的衣服和内衣，十九万二千六百五十二套女人的衣服和内衣，二十二万二千二百六十九套男人的成套衣服和内衣从奥斯威辛运到德国去。这真是历史上空前的有组织的大抢劫了。

除了法西斯主义的罪行以外，我们在陈列室的白色墙壁上还看到了帝国主义的全部血腥的记录。这些罪行已经是我们熟悉的了，殖民地上的屠杀，争夺市场的战争，大规模的轰炸，整个城市的毁灭，……这些都是我们亲眼看见过的。对有色人种的迫害，对劳动者的无情的榨取，对争自由运动的残酷的镇压，对未开化民族的有组织的"歼灭"，……这些我们也听说得太多了。上海南京路上的屠杀，四川万县城的被炮轰，……这些都是我们身受目睹的。上海的一百年的历史就是一个完备的帝国主义罪行的展览会。但是今天上海也已经站起来把一百年来压在它头上的魔鬼赶走了。整个中国也已经站起来把帝国主义的魔鬼赶走了。所以站在那些梦魇般的照片的面前，我们可以昂起头吐一口气，而且可以迈着轻快的脚步离开它们。

最后的一所房屋给人带来安慰，带来希望，带来光明。门前也有一行波兰字："保卫和平的斗争"。在这里我们看到了世界革命运动的发展，也看到了世界和平力量的扩大。从俄国十月革命的爆发到中华人民共和国的成立，这一串震惊世界的伟大事件，这里都有大幅的照片和图表来说明它们。苏联和新民主主义国家的和平建设，全世界人民保卫和平的斗争，这里也有照片和图表来表明它们的辉煌的成就。连两天前刚刚在华沙闭幕的"二届世界和大"的照片也已经有系统地陈列在这里了。那些善良的面孔，那些热烈的情景，它们在我们的眼前显得多么亲切。我们可以叫出许多熟习的名字，我们也可以说出许多动人的详情。我们从那里来，我们也参加了那些伟大的场面。我们在那里见到了全世界人民的热诚的心，今天在这里我们又看到它们。"和平战胜战争"，我们在华沙天天听到这一句话。这是铁一般的事实。不管希特勒和他的党徒怎样在波兰组织了四个大毁灭营，三个大集中营带毁灭营，四十四个小集中营，十五个输送营和无数的劳动营，用种种方法来杀害全世界爱好和平的人民，在焚尸炉①中烧毁了将近一千万人的尸体②，但是结果希特勒自己也死在柏林的一个地下室里面，一部分的纳粹党徒被绞死在纽伦堡的绞架上，连曾经到过奥斯威辛视察、核定了扩充计划的党卫军领袖希姆莱也不得不服毒自尽了。希特勒的"第三帝国"并没有毁灭和平，倒是和平的力量毁灭了它。希特勒并不曾灭亡波兰，他反倒促成了波兰的新生。

这个博物馆叫作"几百万人的毁灭"。但是我看完了整个的博物馆以后，我对人类的信心并没有减弱，它反而加强了。几百万人并不曾白白地死去，他们的纪念也在保卫世界的和平。

---

① 这是说在波兰的七个毁灭营中的全部焚尸炉和焚尸坑。

② 这只是一个估计。

四、 真正的杀人工厂

从集中营出来，我们又坐上那两部大汽车，到布惹秦加去。

布惹秦加毁灭营又被称为奥斯威辛第二，因为纳粹先在奥斯威辛设立了集中营，后来才在它附近的布惹秦加添设了毁灭营。毁灭营就是一般人所说的杀人工厂。我们已经在奥斯威辛看过了它的焚尸炉的照片和毒气房的模型。现在我们又到真正的杀人工厂来了。

奥斯威辛是一个潮湿的盆地。它那满是沙粒和小石子的地面就一直没有干的时候。它四周有好些鱼池，水是死的，里面充满了腐烂的东西，常常发出恶臭来。这是一个传染疟疾和伤寒症的好地方。布列斯劳①大学教授陈加（Zunker）奉命化验过奥斯威辛集中营的饮水，他给希姆莱上的报告中说，在奥斯威辛用的水连漱口也不相宜，而且连用一次都不行。毁灭营建筑在布惹秦加的沼地上，地理环境不会比奥斯威辛好一点。有人说布惹秦加原是一个养马的地方，但我看那里的潮湿有毒的空气对马也不合适。房屋是在一九四二年新建的，以后又陆续扩充几次。房屋的形状跟马房完全一样。我已经看到了照片：一个男人房间住五百四十人，一个女人房间住一千人。它们比马房还不如。没有窗户，没有光亮，不通空气，地是潮湿的土地。我又见过一张照片：许多条魔手似的铁轨通过毁灭营的大门一直向各个焚尸所伸过去。

---

① 布列斯劳：它的波兰名字是伏洛次瓦弗（Wroclaw）。

可是整个毁灭营如今就只剩了一些破烂的监房。那许多条铁轨，那堂皇的门面完全看不见了。我看过一篇记载，知道第一座旧式的焚尸所在一九四四年五月改做了防空洞①。第四焚尸所在一九四四年十月七日烧掉了。第二和第三焚尸所的设备在一九四四年十一月被纳粹匪徒拆下来搬到另一个集中营去，建筑物也被炸毁了。第五焚尸所在一九四五年一月二十日的夜里纳粹撤退的时候烧光，连墙壁也炸掉了，今天我们到了全世界最大的毁灭营，却只看见一片荒凉。

包含着毒气房和焚尸炉的焚尸所是建筑在地底下的，以前人在这里可以看见整天冒烟的烟囱。现在我的脚踏在焚尸所的顶上，我只觉得我在一条年久失修的水门汀路上走着，我只觉得我在一间倒塌了的仓库顶上走着。我俯下头，便看见裂缝和铁筋。我可以把一

---

① 一九四一年夏天，纳粹屠户们开始在奥斯威辛试用毒气杀人的方法。地点在十一号房的地下藏煤室。被害人是二百五十多个病人和六百多个战俘。等到这些人全部进去以后，纳粹屠户们就用土把地下室的窗户全盖上。然后一个戴着防毒面具的党卫军打开毒气罐，把毒气倒在地上，就锁上门走了。第二天下午党卫军上尉帕立奇（Palitsch）戴着防毒面具打开门进去，看见还有少数囚人仍然活着。于是他们又放了毒气进去，锁上门，过了整整一天，再进地下室去看。所有的人全死了。以后便在第一焚尸所附近修造了第一间毒气房。面积一共是七十八方码。房门都是不漏气的，天花板上有一个洞孔，就由这里放进毒气来。这以后毒气杀人的方法更"进步"、更扩大了。在这年秋天在布惹秦加树林中一个农家小屋里成立了一个原始的毒气房，叫作"地下室一"，又在一又四分之一公里外另一个农家小屋里成立了第二个原始毒气房。叫作"地下室二"。到了一九四二年八月在希姆莱视察以后，便开始建筑四个现代化的包含着毒气房的焚尸所，由艾尔福城（Erfurt）的 J. A. 托福公司承造，一九四三年上半年就完成了。

第一个小规模的焚尸所早在一九四〇年就在奥斯威辛完成了，那是奥国军火库的旧址，起初纳粹的屠户们把他们杀死的人的尸体全埋在布惹秦加附近的树林中。到了一九四二年春天尸体腐烂，发出有毒的恶臭，使得纳粹的屠户们不得不把那些"万人坟"挖开，将残余的尸体弄出来火化。因此，他们才有建筑大规模的焚尸所的计划。

只手伸进缝里去，但是我却没法使那些炉子和那些房间在我们的眼前重现，让我们详细地知道它们怎样吞食了那五百万无辜的人民。有些地方还挂着花圈，鲜花给荒地添了一点"生"意。大概是什么人到这里来哀吊他们的死者。人是杀不尽的，每个死去的囚人都有亲友！

平日倔强的阿来克斯现在显得沉静了，他的眼光在各处找寻。他在找寻他的父母的足迹吗？他在回忆那些过去了的恐怖的日子吗？忽然他抬起头看看我们，过后便指着湿润的土地说："这都是烧剩的人骨头啊，这些白色的小东西！"我朝我的脚边看，土里面的确掺杂了不少的白色的小粒。

我默默地望着它们。它们刺痛我的眼睛。可是我却不能把头掉开。"它们也曾经是跟我一样的活人啊！"这个念头折磨着我，一直到我跟朋友们一块儿离开这个地方的时候。

我们又去参观监房。那些破烂的房屋使人觉得它们是荒废了的养马处。房里没有一样东西让人想到在这里曾经住过了上千的人。在这里没有图片，没有模型，也没有任何的陈设。我们看到的不论男监或女监，全是些盖着屋顶的空地，男监和女监自然是分开地设在两处。毁灭营的面积一共是一百七十五公顷，所谓"希姆莱城"（Iimmlerstadt）就在这里，当时它是一个繁盛的奴隶城和死亡城。现在就只剩这些破屋和纵横交叉的电网了。从许多文件中，从见证人的叙述中，从焚尸所的残迹上，我们知道德国屠户们曾经企图消灭他们的罪行的一切痕迹。可是现在那无数的白色骨粒就在向世人控告他们。这是最有力的证据。它们告诉了世人：法西斯主义究竟是什么样的东西。

天色仍然阴沉。冷风吹在我的脸上。波兰的冬天的日子是相当短的。我们不会在这里久留了。火车还在站上等待我们。阿来克斯在催我们走。我把告别的眼光投在这一片荒凉的"墓地"上。我想起那几百万被杀害的生命，我想起几年前在这里的生活的情景；我想起那些人，他们被纳粹到处追来赶去，在欧洲各大城市里漂流，最后被骗到这里来，德国政府说是送他们到波兰和南俄去就业，可是一下火车他们就让人送进了毒气房，东西全给抢光，身体变成了焚尸炉中的灰土；[①] 我想起那些人，他们在集中营里受尽侮辱，在纳粹的工厂里耗尽他们的体力，他们献出了自己的一切，只为了最后的一个结局：焚尸所；我想起那些被拆散的家庭，父亲眼看着儿女，丈夫眼看着妻子被人从自己的身边活生生的拉开，带进毒气房去，

---

① 当时的情形是这样的：

犹太人在精神与肉体两方面受尽了非人的待遇和侮辱，在经济上又遭受到种种的勒索和敲诈，而且被强迫着在欧洲各城市搬来移去，找不到一个安定的地方，所以听说在波兰和乌克兰有各种工作留给他们，他们便很容易地给骗到奥斯威辛来了。《德国人在波兰的暴行》里还说："盖世太保（Gestapo 即纳粹特务）甚至跟希腊籍的犹太人签订了购买乌克兰小租地和商店的合同。其他的人也得着允许去交换那班关在英国的德国战俘，所以他们一到奥斯威辛马上就问：到英吉利海峡还有多远。他们动身来这里的时候，别人劝他们把工作衣服和一切贵重的东西全带在身边。并且告诉他们说，他们在他们的新家里也需要这些东西，因为每个人都可能做他自己那一行生意或那一门职业。因此奥斯威辛就成了各种工具，医疗器械和其他的有用的、值价的东西的大仓库了。每次火车到了奥斯威辛，停在集中营支线的站台上的时候，犹太人全被赶下车来，他们的行李堆在站台上，另有一队由囚人组织的特别工作队来把这些行李搬到一些大仓库里面去，这些仓库叫作'加拿大'，这个名字还是囚人给它们起的，因为它们里面的贮藏品是太丰富了，后来集中营的行政当局也就正式采用了这个名称。同时党卫军的医生们便到站台上来，在那些新到的犹太人中间挑选了少数适宜于做工的年轻人，而其余的人就立刻被送到毒气房去处死了。所以最先被害的人就是病人，老年人，怀孕的女人，拖儿带女的女人。倘使焚尸所一时容纳不了这许多人，他们就让人关在营里，作为一种储蓄品，不在囚人名册中登记，只要等着焚尸所一空，他们就给人送去毒死。……"

自己却不得不为那些杀死他们亲人的仇敌工作卖命①。我又想起那个整日不断的进毒气房的行列：从别处送来的那些命运已经决定的人直接由火车运去；从集中营里挑选出来的囚人被党卫军押着徒步走去；身体虚弱不能走路的囚人便由卡车载去。我想着，想着，我知道那详细的情形：从火车站月台（就是我们下车的那个月台吧！）到毒气房中间还有一段路，这路永远被囚人的行列连接着，因为人们得等待毒气房里出清尸体。路中间还有卡车来往，专门搭载那些从铁路来的老、幼、病、弱的人。路旁两边的沟里站了许多纳粹党卫军，用机关枪对着他们瞄准。一个党卫军大声对囚人说，他们身上太脏，必须进浴室去洗澡消毒，才可以到集中营里居住。囚人们进了焚尸所的天井就被赶进"化妆室"去，在那房间的门上人用德文写着"洗浴与消毒室"（Waschund Desinfektionsraum），也附得有别种文字的译文。在"化妆室"里还有记着号码的挂衣钉。纳粹党卫军还嘱咐囚人要牢牢记住那些挂衣钉的号码，以后取回自己的衣服可以方便许多。脱完衣服，他

---

① 一〇二一六〇号囚人崔汗诺威次基（Cıechanowiecki）后来供称，一九四二年三月九日从巴黎附近运来一千两百个犹太人，集中营里只留下一百四十，其余的全送到毒气房去了。另一个囚人谢拉马·德拉公（Szelama Dragon）一九四二年十二月七日到奥斯威辛，同来的人一共是两千五百，可是只有四百人进了集中营。其余的全给毒死了。

根据布惹秦加的 B2 营里一个区的统计数字，从一九四三年十月二十一日到一九四四年十月三十日这一年中间，一共到过七十六次装运囚人的火车，可是只有七千二百五十三个人留在营里，其余的两万四千六百八十八个人都给送进毒气房去了。所有的女人和小孩全没有留下。

一个叫作雅可布·戈登（Jakob Gordon）的囚人一九四三年六月二十二日到奥斯威辛，他们一共是三千六百五十个人，可是只有三百四十五个人留了下来。其余的人连戈登的妻子，他的四岁半的儿子，他的七十三岁的父亲和六十四岁的母亲在内，马上就进了毒气房。

们又被带到一个走廊上去，这就是通毒气房的走廊了。毒气房里已经生过了焦炭盆。这热气可以使氰化氢更容易蒸发。这时候纳粹党卫军就露出了真面目，用棍棒打人，支使狗咬人，强迫两千个囚人挤在一个只有二百五十方码的地方。毒气房的天花板上也装得有淋浴的"莲蓬"，可是从来没有水从那里流下来。天花板上另外开得有四个特别的洞。门一关上，房里的空气也被抽出去了，毒气（氰化氢）① 就从那四个洞里放进来。毒死这一个房间的人最初需要二十五分钟，到一九四四年夏天就减少为十分钟。等到门再打开时，死者都现着一种半坐的姿势。尸体是淡红色的，身上现出来红的和绿的点子，有的人嘴上带着白沫，有的人鼻孔流血。许多的死尸睁着眼睛，许多的死尸紧紧搂在一起。大部分的人都堆在门口，只有少数人留在毒气洞底下。……

我不能再想下去了。我是一个人，我有人的感情啊！我的神经受不了这许多。对着那遍地的白色骨粒，我能够说什么告别的话呢？对着这荒凉的几百万无辜的死者的"墓地"，我能够说什么告别的话呢？然而我能够默默地走开吗？我迟疑着。

就在这个时候阿来克斯来给我帮了忙。他走过来催促地说：

"快走！别的代表团已经走了。我们还要到克拉科去。在那里你们可以看到我们新建立的钢铁工业。我们正在那里建筑一座社会主义的新城。我们波兰人已经战胜了法西斯主义。"他说着，脸上露出了笑容。

"是的，你们战胜了法西斯主义。"我毫不迟疑地回答道。我跟

---

① 毒气罐是党卫军的医生用画着红十字的车子运进来的。有一种开毒气罐的特别钥匙。放毒气和放毒以后关上洞口的盖子，这一类的工作是一个纳粹特务担任的，他当时戴上了防毒面具。

着他走了。

我们又坐大汽车回到火车站去。在那里有着成群的波兰青年捧了鲜花在等待我们。我记起了一个亡友的遗言："青年是人类的希望。"

选自《巴金全集》第 14 卷

人民文学出版社 1990 年版

作家的话 ◈

是的，这是对全人类的一个警告。在法西斯主义不曾完全消灭之前，这种罪行还是会发生的。并且奥斯威辛的一个主要负责人，党卫军的一个大头目奥特瓦·波尔已经在几个月以前被西德美国占领军释放了。难道用他来组织新的奥斯威辛么？

"人们，你们要警惕！"

《纳粹杀人工厂——奥斯威辛·前记》

推荐者的话 ◈

巴金晚年断断续续地写成五卷《随想录》，拖着老病的身躯用文字建立一座"'文革'博物馆"。他谈到"文革"灾难的时候，不止一次地联想到纳粹罪行。在《〈随想录〉合订本新记》里他还特别写道："我到过奥斯威辛的纳粹罪行博物馆。毁灭营的遗址还保留在那里，毒气室和焚尸炉触目惊心地出现在我面前。可是已经有人否定它们的存在了！"《奥斯威辛集中营的故事》这篇写于 20 世纪 50 年代的散文，不仅是一个历史的见证，而且能够使我们感觉到巴金思想的某种内在联系。

张新颖

无名氏
电光小集（选七）

无名氏，原名卜宝南，又名卜乃夫、卜宁等。原籍山东，1917年生于南京下关，后居扬州。十七岁中学毕业，就读于北平俄文专科学校，抗战爆发后去重庆，1938年起正式开始作家生涯，1941年任大韩民国临时政府客卿，任多种文职，从事宣传工作，著有《中韩外交史话》等，并以"无名氏"之名发表通俗爱情小说《北极风情画》和《塔里的女人》，风靡一时。1946年起隐居杭州，创作长篇巨构《无名氏丛稿》。"文革"期间曾因"反革命罪"被捕入狱，1978年平反，1981年任浙江文史馆馆员。1983年去香港，旋去台湾定居，2002年去世。《电光小集》共十九则，这里选取其中的七则。

——献给一九五一年秋季写这篇《小集》时的那一种怪异的心态。在那种心态中，好像全世界的痛苦——整个五千年的历史，全人类的苦难，全压在我的身上。

痛苦的雨滴

　　有些感觉，有些思维，有些大脑外侧面或内侧面的震颤，"沟"和"叶"的波动，你得马上记录下来，才能保全它们的整体，仿佛一块弹片猛烈射入内脏，你得立刻开刀，才能保全生命。假如迟几秒钟或几分钟，你将什么也抓不住。真的，那些最震撼人心的时辰，只属于你自己，以及和你一同穿越这些时辰的人。你的另外同类，即使你自己最亲近的妻子或儿女，她们也无法感受、思维。他们无法了解：当你穿越这些时间雨滴时，——假如每秒钟是一滴，那是缓慢的雨滴；假如百分之一秒是一滴，那是神秘的急雨，——你大脑内侧面的那些顶叶，枕叶，额叶，是怎样震颤的，而一穿过那些雨滴。连你自己也不知道它们是怎样震颤的。——人一踏进干燥的屋子，很难再记得外面的潮湿滋味。

　　生命机体本身，早已本能的习惯于回避痛苦，抵抗一切可能摧毁它自身的。那些额叶，颞叶，我们生命中最权威最敏感的部分，像灯光自动开关，只当必须开时，它才开，一到时候，它就自动关上。人们可以一千次回忆欢乐，但很少人一千次回忆痛苦。

苦痛的雨滴，滴着滴着，你终于穿越了。至少，这一次，你算越过了。这已经是万里长城式的大工程。但人们居然还要求穿越者、再用感觉摄影机把它全部拍摄，这不是太过分么？可是，这个世界上，居然也还有那样的生命，生来好像就是活在同温层里的一种气体，居然会用高空气体式的视觉、听觉，凝视这一切，倾听这一切，并设法记录它们。

就这点说，20世纪是一个最富于犯罪性、又最富于对犯罪性的最大抵抗的世纪！

鱼　线

人与人的关系，不断在裂变，牵扯，重聚，又再分开，相互仇视。那种复杂，远越过自然生命的任何化学变化。几乎每个人都变成鱼，从头到尾，两侧各有一种神奇的线，那里面、充满极纤细的感触器官。哪里是粗糙冷岩？哪里有小小压力在变化？哪里有巨大反压？它们都极迅速地感应着，聪明点的，灵捷回避。最愚笨的，经过若干次岩面的猛击，慢慢地，也学乖，去躲闪。有时，即使不是巨石，仅仅是它的影子，仿佛也在传播一种神秘的类似反压力的迹象，一些最胆怯者，早就迅速后退。没有人肯拿自己肉体和岩石开玩笑，更没有人愿把自己那一大串血缘枝叶作赌博。还有些人，甚至连一些最小的赌注——瓶里的花朵，明亮的窗子，窗前的月光；院子里的藤萝架，一杯可可或精致明前茶，也不肯押下去。尽管窗外到处装饰着鲜血喷泉，窗内能暂开放一盆月季花或玛瑙红，也好！

昨日晚饭后，他微笑了没有？今天早上，她的眼睛正面凝望你没有？——一片新的岩石浮现了。眉毛的长度，弯度，它舒展的线条，形式，一对眼球光辉的强与弱，嘴边两撇八字胡的隐与显，脸颊上肌肉的松与紧，线纹的粗糙与柔和，这些你都得窥伺着。假如笑能称出分量，你几乎要称出他今天笑几钱，昨天笑几两。那些极纤细的鱼类器官，不停地反应着。人们的眼睛就是显微镜，极明晰地放大，看出四周的反应；那些微妙的细胞，色素。偶然一阵熏风拂过，偶然一片温暖掠过，刹那间，又化为冰山狂风。一切是无限复杂的变化着，人们的感应是深沉的。这一分钟的色彩，不等于下一分钟的色彩。今天的太阳，不等于明天的太阳。

那最明确的语言，是沉默。有披头散发的沉默。有衣冠楚楚的沉默。有装饰太阳风的沉默。有灰烬堆起来的沉默。有鲜花编织的沉默。有鲜血化妆的沉默。有白骨制造的沉默。一簇簇，一阵阵，一片片，一堆堆，一夜又一夜的沉默，一季又一季的沉默，一年又一年的沉默。也许，宇宙间最巨大的声音，是沉默。它已变成我们生活整体的一部分，甚至是绝大部分，丝毫不可分割。你丧失了沉默，就断丧了整个生命，甚至叫世界残废——虽然世界是如此之小，又如此无聊！

死亡游戏

有时候，你看到一篇记述，或一本小说，尽管作者花尽雷霆万钧之力，你仍觉得软如羽毛。没有一个字能感动你。没有一个标点能说服你。那些事实，即使是最生动的，叙述一千具死尸也好，描画一万个死也好，对你都很陌生，而又毫无冲击力。其实，人们在一大堆白纸上花费这么大力气，他究竟能得到什么呢？他是专门为了感动自己么？当你面对一个前线回来的伤兵，向他大谈后方防空洞的拥挤时，他除了苦笑，能对你说什么呢？

关于死的游戏，人们玩得太多太多了，太久太久了，几乎在这上面耗尽人类的天才，枯竭人类的最大想象力。自有文明历史以来，人们曾烹制过成千成万种死的菜肴，尽管花色不同，形式各异，但滋味总是一个，那最古老最古老的一个。从用巨大蒸笼活蒸全人起①，到活熬婴儿膏，或以人肉作肉丁酱止，应有尽有，无美不备。人们已对死丧失最低幻想力。现在只能在数量与速度上刺激人。希特勒在波兰奥斯威辛集中营用电气熔尸炉，毁灭了近五百万具尸体，就是如此。也许，更闪电的速度，与更巨大的数量，只能叫人更舒服点，也未可知。因为，最闪电型的死，可能把痛苦减到最低度，而数量一巨大，死的孤独感也就没有了。——正是这种孤独感，才

---

① 野史载：晋代某贵族款客，餐半，侍者出示一高蒸笼，揭盖，一个盛妆裸体美人赫然在，主遂举箸，殷殷劝客共尝之。

使死在一切生命现象中变得最难忍受的。

同样，就在这种时候，假如还有一本书，大谈炸后废墟，谈墙壁坍塌，谈火光烛天，那也只证明作者头脑是一只旧皮鞋底。这些火光，能燃烧起读者任何想象么？这些倒塌的墙，能压伤任何一个读者肢体么？这一切，早已是廿年前的事了，那个时候，每一块残砖，每一张破瓦片，能说出十个甚至一百个故事；每一朵火光，能画出一千幅油画。但现在，连壁上最不足为人道的自鸣钟都生锈了。（钟身发锈，钟声也发锈。）每个普通人早都扮演过阿拉伯凤凰鸟①，也参加过消防队。

总是重复一个字，一句话，或一个观念，效果将彻底崩溃。几乎没有一种重复的针药不会产生抗药性，而没有一种药的重复疗效，能万古常新。除非你皈依西藏喇嘛教密宗，打算从极有限的几个字里找寻永恒的天堂。

经过大海飓风的舟子，绝不会对小池塘采菱船的颠晃而皱眉。海浪能毁灭人，也能把最玫瑰的灵魂变成最岩石的。

这是一个观念最多的时代。也是一个最缺少观念的时代。当一切观念只变成一个观念时，观念也就死了。当创造主把观念赋予生命时，它命定是波浪式的，你争我夺的，当大海上只有单一波浪时，波浪也就灭亡了。没有波浪，海也没有了——终于，你所得到的，只是一口最渺小的千年古井。从这口井里，你想变什么把戏或魔术，人们肯定要摇头。假如你改弦易辙，想汲井水酿酒呢，酒味肯定也不会高明。单单为了拯救观念本身，最好还它一个千波万浪的面目吧！

———————————

① 相传阿拉伯凤凰五百年后化为火焰，又从焰火中再生。

太阳光的奢侈

阳光是这样明亮。当恺撒被狙击于罗马神坛上时，太阳曾这么明亮过；当拿破仑躺在圣赫勒拿岛沙滩上看海水时，太阳也曾这么明亮过。今天正午，它把可能给过恺撒垂死视觉的明亮投掷给我。我不知道，什么时候，——包括我们许多人，也像那个罗马人一样，身上冒出二十几口血淋淋的喷泉，让太阳变成我或我们的美丽殓尸布。这也许是很遥远的事，也许是瞬息的事，也许只是很久很久的过去事—— 一两千年的事。不管怎样，此时阳光是如此明亮，它在照我，亮我，闪耀我的视觉。它依然是这样迷人。它既然曾迷过我们千万次，这一次也不例外。

在这样的阳光里，我究竟还能活多久呢？有时，阳光熠熠于你四周，它是最最强烈的，但你感觉到的，却是另一种感觉。这时，即使它比红海落日还红，你也不觉红，你根本就不知道它是些什么颜色。那似乎是一种阴阳怪气的色调。而且，色调有或没有，也与你毫无关系，甚至，你头上太阳，有没有，仿佛也与你毫无关系。也许，没有太阳，更好些。假如，这个地球是一颗没有太阳的星球，而人们还能在长夜中永远活着，那么，那许多与太阳联系在一起的悲剧，也就不会发生了。从而，人们也就更珍贵想象中的可能太阳光，以及它可能照耀的生命了。

我们现在所作所为，不少是一种太阳光的奢侈。我们几乎无穷无尽地浪费着太阳光，好像它生来是我们肉体的一部分。从没有人想到：它会在最大的奢侈、浪费与伪造中被毁灭。

也许，在最后的时辰，一下子我们突然明白：在太阳光下面，我们做了多少浪费事，演了多少浪费戏，说了多少浪费话。我们为了穷究海底，却企图填平大海。我们为了追求更深的深度，几乎把整个大地翻转来。

假如我们本来简单点，岂不更好？

我们本想追求一个最现代的现代，结果却回到最原始的原始——倒退十万年。

堕落的旋转

这一切，什么时候才能终止呢？上帝不知道，太阳不知道，你不知道，我不知道。我们所知道的只是一件事：必须用那最黑最黑的心灵，最黑最黑的手掌，过那最黑最黑的日子。一天天，一月月，一年年，漫无终止地过下去。后代人很难想象，在这个时候，在这个城市里，人们是怎么生活下去的。一堆名词，一些形容词，加上一串惊叹号，最多再加几个诅咒的字，就能写尽这里的真实场景么？在这些词语和符号里，人是很难想真实场景的。而且，一想起来，心脏就几乎停止跳动。人很难想象，那些最古老最野蛮的权力，变成怎样满山遍野的力量，矛与戟毫不疲倦的，一天天，一月月，一年年，挥舞下去。就是曾经生活在这个时代的人，将来稍一回顾，也不敢再回忆了。这一切，十足应验了爱伦坡有关挪威海峡大漩涡的故事。成千成万人被最骇人的大漩涡吞没，一万次难得一次，又被大漩涡的反漩力量把他拯救出来。

为了几个无辜的字或一两句话语，一下子，就遭遇西西弗斯永恒推巨石上山的命运①，那是不合算的。这个习惯一养成，人们永远就不想再反刍什么，咀嚼什么，甚至回忆什么。世界既然如此堕落的旋转，也就随它转吧！每一个最平凡最无辜的生命，只得蟑螂样爬行着，蛰伏着，等待巨掌的致命一击。

声音本是平凡的，一变成贝多芬的乐谱符号，李斯特手下的琴键，就伟大了。相反的。巴格尼尼的提琴，一变成竹连枷式的工具②，也就平凡了。一秒钟内，最不朽的事物，可以变成粪土。反过来说，也一样。市场上的价值砝码既然混乱了，一切也就无从谈起了。

声音的肉体

这是一个柔和雨夜。雨是麻烦的，但有时，它却可以省略另一些麻烦。至少，在这个凄冷雨夜里，人们都愿关在屋内，街上很静，这样，你就有一大片你所需要的安宁，它适宜的包围你，形成你灵魂的外层空间。这个时代，这种宁静是如此可贵，只有经历过许多生活的人，才知道，这片宁静是什么意思。你开始享有你自己的灯

---

① 古希腊神话中，西西弗斯被罚永远推巨石上山，才推到山顶，巨石又跌入山底。须重新推上山。

② 竹连枷是中国过去农民用以击打稻麦的旧式工具，经打击过后，稻麦乃纷纷落于打谷场上。

火、烟篆、茶香、安静。你把你自己深深深深裹在这片寂静中，像十冬腊月裹在一件厚厚外套里。你接受它的抚摸、熨帖，更重要的是，它的保护。

不是春天，却还有春意。季节是夏，尚无夏味。此外，也还带点秋天的萧瑟，冬日的凄寒。真是一年四季的滋味都有。每一季的音调、情调，全看怎样合奏着另外三季的音调、情调。在灵魂时间的一秒嘀嗒里，则杂糅着一天二十四小时的色彩，光与影，太阳与黑暗，黄昏与黎明。然而，不管怎样，这仍是一个春味占主调的夜——檐溜余水滴得那么美，你真想拥抱它一下，假如声音也是一种肉体。

这真是一个幽寂的雨夜，雨滴声把一滴又一滴的美丽——静寂——滴下来。

才喝过点酒。有一顿不算最坏的晚餐：鸡蛋与猪肉，卷心菜与粉丝豆瓣酱及腌菜。肚子塞得满满，因而很舒服，接着，是这样一个淡淡梦味的雨夜。你可以读几页济慈或姜白石，马拉梅或王碧山。谁能想到，就在这样的雨夜之后，一天或一个星期后，宇宙会发生些什么变化？一切是如此悠闲，一切的风暴变化似乎是不可能。我们似仍在过着十万年前我们原始祖先所过的那种美丽雨夜，他们在深山岩洞内。也会听到这样可爱的淅沥声——虽然并没有那隽永的檐溜水滴，和窗内灯火茗烟，以及烟篆缭绕中的抒情。

让大家和和平平，你抽你的烟，我喝我的茶，他玩他的桥牌，不很好么？为什么地球上非如此不安宁不可？

我宁愿祈祷一千次，一万次……让人类如此安安静静地生活下去吧！让每一条生命变成檐溜雨滴，一滴滴的，潇洒自在地滴着，滴着，滴着……

然而，请听，那可怕的广播歌声又在杀死雨滴！

透　明

在这样时候，写这样文字，读这样文字，而且在一片湖水边，真是不可思议的事。我究竟在做什么？这一切又有什么意义，为了在几万万万年星球旋转中加入一粒沙子么？还是为了给万千星球本身添点记忆？还是因为这一类蠢事太多太多了，我也得加一件凑趣，为什么我不能停止这样想、这样做呢？语言又算什么？太阳需要语言么？大熊座需要语言么？星光需要语言么？那最容易奔放的，一下子又变得这么难！我不是不知道这一切，且透透明明了解它们的虚幻，可我仍在一个透明的玻璃房子里，玩透明的玻璃积木戏——，再搭一座透明的玻璃房子……

只为了几分钟后再被一阵无情石块打碎。

一九五一年秋

作家的话 ◈

一九五一年秋，我蛰居杭州慧心庵，窗外不时秋风秋雨，天地晦暝，万景显凄色，在一种说不出的压力下，不知怎的，竟反射一片极诡异的心态和感受，仿佛自我生命将面临绝岩。怪的是，这时倒涌起一阵奇险的灵感，逼我在两三日内连续写出下面十九篇短文。这之后，灵感似已耗尽，再挤不出一滴，而那片诡异的心态也消失了。为了纪念这一灵感奇遇，特标题为《电光小集》，并把此集献给那个秋季的那份特殊诡异的心态。

《电光小集·小引》

评论家的话 ◈

美文常常与浮泛的抒情容易作联想，所以我不说《电》辑是美文，我宁可说它是散文诗，一点也不夸张，它就是散文诗！

徐讦先生生前也写过不少他标作散文诗的小品，也相当好，不过我还是觉得徐老的那些作品叙述性太强了，没有我公（指无名氏）的凝练、深刻。

我很喜欢这辑作品。你不只是说故事的大师，也是感觉的大师。

选自痖弦致无名氏的信

徐訏
鸟 语

　　徐訏，原名伯訏，笔名徐訏、东方既白等，1908 年生于浙江慈溪（今属宁波市江北区）。1927 年考入北京大学哲学系，1933 年到上海参加《论语》《人间世》等杂志的编辑工作。1936 年赴法国巴黎大学深造，获哲学博士学位。抗战后回国，先后在上海"孤岛"和重庆工作，并从事文学创作。1940 年推出《吉卜赛的诱惑》《精神病患者的悲歌》等畅销小说。1943 到 1944 年，发表长篇小说《风萧萧》，名噪一时。这一时期的创作风格多浪漫神秘，追求异国情调。20 世纪 40 年代一度赴美担任《扫荡报》驻华盛顿特派记者。1950 年去香港定居，先后任教于新加坡南洋大学、香港中文大学等。著有长篇小说《江湖行》等多种作品，风格渐趋内敛、深沉、悲凉，耐人寻味。20 世纪 60 年代出版《徐訏全集》18 卷。1980 年在香港病逝。

一

打开邮包，我发现是一部《金刚经》，是大本，木刻，用连史纸印得很讲究的版本。邮包上的字迹很生疏，但我从邮戳知道这是从我故乡寄来的。我愣了许久，痴呆地翻动着经本，看到圈点的红朱，我心里有一种莫名其妙的忧伤与害怕，我失去正常的生活，期待我应当知道的一点消息。

六天以后，我接到一封也是从故乡转来的简单的信，是生疏的笔迹，写得极其平淡，他说："……觉宁师已于阴历八月十五日仙游，一部《金刚经》，是她临死时叫我们寄你的……"

她死了！

坐在电灯光的下面，桌子的前面，初秋的夜，肃杀清净，对着那封粗劣的信笺，草乱幼稚的字迹，我眼睛模糊起来。我在桌上的圆镜中看到自己，我发觉我十几年的生命一瞬间竟平面地铺在镜面上了。

镜面是圆的，在我模糊的泪眼中，它荡漾着荡漾着，一时间就幻成了一个小小的池塘。

我坐在池边一块白石上，望着我失眠的脸，我在自语："过去的都过去了，做错的都错了，失去的不会回来，消逝的无从再生。"

"吃饭了，婆婆叫我来叫你。"

我马上看到池面一个人影，一个瘦削的圆脸，肩上垂着两条辫子，花布的上衣，袖子卷着；灰色的裤子，脚上没有着袜；我回头看到她白皙的裸露着的小腿，踏着玄色的布鞋，鞋面上已沾湿了露水，我不知怎么，竟用手抚按到她的鞋上，我说：

"你的鞋子湿了。"

她吃了一惊，转身就跑了。

我站起来，望着她的后影，我奇怪起来，我到回澜村已经一星期，怎么会从来没有碰见过她。她是谁呢？这样娟好！

在饭桌上，我问我的外祖母，她说：

"一个白痴。"

"白痴？"我奇怪了，"一个这样娟好的女孩子。"

"绣花枕头！"

"我怎么一直没有碰见她过。"

"她不爱同人接触，常常躲在没有人的地方。"

我还想问些什么时，有人进来，大概问外祖母借一点东西，我的话就此打断。以后我再没有机会看见这个女孩，我也就忘记了这件事情。

二

远在一九××年，我患着严重的神经衰弱——心悸，失眠，忧郁，自言自语……医生说我需要找一个清静的乡下好好休养，母亲叫我到回澜村——我外祖母地方——住几个月。这是一个江南的乡村，全村不过十来户人家，门前是稻场，稻场上长满了绿草，四周有树，后面是山，晴时似近，雾时似远，前面二三百步外是一条小

054

河，顺着河，坐船或者步行，四五里就可以到镇上。

居民大都务农，大家都和蔼宁静简单质朴地生活着。外祖母家有一个后园，后园不小，都种满竹，也有几株果树，几丛野花，围着枯朽的篱笆。园中有一间凸出的轩子，是旧式的建筑。假如在过去，这后园应当是一个花园，这轩子一定是饮酒赏花赋诗的所在，但如今再没有人玩这些风雅的事；外祖母把它充作堆农具杂物的地方。

外祖母知道我要来，她在对着前庭的房屋中，为我预备了一间房子。那间房子，一跨出就是院子，隔着院子就是邻居，院中进出的人很多，许多孩子整天都在院子里玩，所以我住了半个月，要求搬到后园的轩子里去。我外祖母问我那夜里一个人会不会怕；我说我是不怕鬼的。她就为我打扫粉刷布置一新，我开始搬进后轩。这件事情大概就引起了邻居同许多人的奇怪，觉得我同他们不同，不喜欢大家一起，要一个人住到荒僻的角落来。

我一到外祖母家，就决心遵医生的嘱咐，调整生活。夜里早睡，睡不着也躺在床上，看一本书；再睡不着，就吃一点安眠药；早晨，我出门散步，回来吃早点，午饭后又睡觉，下午我洗一个热水浴，出门走半里路模样，回来等吃饭。饭后有邻村老妇到外祖母家来坐，我总是听她们谈一回话，才去就寝。

这样的日子过得不坏，村中的人我也逐渐认识，他们都很好。其中一个叫作李宾阳的，是一个三十几岁而非常沉着的人；他爱下象棋，程度同我相仿，所以一有空就喜欢过来同我下象棋，我们就特别熟稔起来。

三

搬进了后园的轩子，第一天早晨，就有特别的感觉；因为我在前面的时候，早晨听见的都是人声；在后园，我听到的则是鸟语；无数的飞鸟都在竹林中飞进飞出。晨曦照在园中，微风拂着竹叶，是仲春，空气有无限的清醒。

我起床，走到了园中，深深地呼吸着，看看周围的世界。突然，我看到了一个篱笆边地上的人影，是一个女子，她蹲在篱外，对着竹林。但是，当我想细认的时候，她好像已经发现了我在注意她，站起来飞也似的跑了。

我当时没有再想到这件事，但是第二天，我起床开窗外望，我又发现那个女子站在篱外，在无数的鸟语中，她似乎也哼着声音，我一直望着她，虽然心里好奇，但没有出去惊动她。

此后我几乎天天都发现她那时候站在篱外，我决心要找一个机会去看看她究竟是在干吗。大概是八九天以后，那天我早于鸟语起来，天还未大亮，我预先到园中，挑一个离她常站篱笆相近而又有竹林可掩护的地方等她。

天有雾，我看不见天色，只看见东方的红光。

不久鸟声起来了，先是一只，清润婉转，一声两声，从这条竹枝上飞到那条竹枝上，接着另一只叫起来，像对语似的；就在那时候，我听见篱外响应了一声，我马上看到了那个女孩子，穿着灰色的旗袍，梳着两条辫子。这时竹林中许多鸟都噪应起来，但原先对

056

语的那两只鸟，竟飞到篱笆上，同外面的女孩子咭哝起来。那女孩子抬着头，她的脸是圆的，眼睛闪着新鲜的光，面上浮着愉悦的笑容，发出一种很好听的声音，不像鸟鸣，不像人语，也不像是歌唱；两只小鸟，似乎同她很熟稔的一回飞进篱内，一回飞到她身边，一回又站到篱笆，啾啾喈喈的好像同她很亲热。

这时候雾已散消许多，阳光照到带露的草上，我也更清楚地看到那个女孩子的脸，尖的下颏，薄的嘴唇，小巧的鼻子，开阔的前额，而眼睛，我看到它是闪着多么纯洁与单纯的光亮！顶奇怪是她的皮肤，似乎是不晒太阳的，白皙细净，像瓷器一样的，完全同我们不同。

忽然有一只鸟飞到里面，像发现了我在林下似的，它叫了一声又马上飞到外面；那个女孩子就对里面望了望，我看到她在望我，觉得不如走出去招呼她比较好些，所以我就很快地跨到篱边，我微微地对她鞠躬，我说：

"你早。"

她突然转身想跑，但似乎要再估量我一下，又停了一回，我就说：

"不要怕，我就是住在这里的。你知道的，是不?"

她比较安详一点，又看我一眼，忽然露出一种傻笑，反转身就走了。

"明天早晨我等你，"我大声地说，"我们一同听鸟语。"

四

"这女孩子是谁呢?"我想。下午,外祖母在前院剥豆干,我坐在旁边开始问外祖母。

"就是那个白痴,"外祖母说,"怪可怜的。"

"就是那天来叫我吃饭的?"我说,"怎么一直没有再看见她过?"

"她不爱理人,也没有人理她,她的哥哥弄得没有办法。"

"她的哥哥是谁?"

"就是宾阳——那个常常同你下棋的人。"

"他们的父母呢?"

"都死了。"外祖母说。

"那么他们只有兄妹两个人?"

"宾阳前两年就结婚了。"外祖母说,"宾阳嫂,啊,你看见过,不是很俏丽聪敏能干么?他们还有一个孩子。"

"那么她,她叫什么名字?她就跟兄嫂住了?"我马上想到跟一个漂亮伶俐能干的嫂嫂同住一定不是快乐的事情。

"她叫芸苓。"外祖母是极其聪敏与世故的人,她马上看出我对芸苓的同情,面上表出龙钟慈祥的笑容,于是说,"她嫂嫂待她不坏。"

"她这样年纪,怎么也不给她读书?家里经济情形怎么样?"

"宾阳在镇上有二家铺子。"她说,"不过芸苓太笨了,读小学还老是留级,去年才毕业。所以宾阳也不给她读书了。"

"很笨?"我说,"可是她的脸可一点看不出笨相。"

"绣花枕头!"外祖母说,"不但读书笨,今年十七岁了,一根针都不会拿,什么事都不懂,拨一拨,动一动,同六七岁孩子一样,又不愿意开口,什么话都不会说,叫她说一件事情再也说不清。她母亲在世的时候也是没有办法。"

"但是她好像很喜欢鸟儿。"

"真是,她从小就喜欢鸟儿,一见了什么麻雀,喜鹊,燕子,就是傻头傻脑地对着它们嘀嘀嘟嘟,现在十七岁了,还是一样,因为大家笑她,她才好一点,不过偷偷摸摸的,一个人还时常到外面去看鸟儿。"

这时候,一个邻居叫作王大嫂的走了过来,她看外祖母在剥豆干,她说:

"我帮你剥。"于是坐了下来,又说,"你们在讲白老鼠是不是?"

在那面,"痴"与"鼠"同音,耗子叫作老鼠,所以我马上听出这是芸芊的绰号。

"为什么叫作白……"我感到不舒服说。

"这里谁都那么叫她。"外祖母说。

"前天她们托人去替她做媒。"王大嫂说,"男家听说很好,但是知道她是白痴,就不要了。"

"她自己也不见得想嫁人,十七岁还同十三四岁一样,什么都不懂。"外祖母说。

"不过这种白痴到六十岁也是一样,再不会长大了。"王大嫂说。

"嫁人也是去吃苦,真可怜。"外祖母说。

"不嫁人怎么样?"王大嫂说,"难道靠她哥哥一辈子。"

不知怎么,我心里听得很不舒服,就悄悄地走开了。

五

后园的篱笆已经枯朽，但还完整，南面的角落有一扇门，锁着乡下很粗拙的铁锁，钥匙就挂在我所住轩后的墙上，第二天，我很早起来，就预先开了那把铁锁。我于是就在门边等芸芊，那是比我昨天等她要远许多的一个地方。

那天天气很好，没有雾，碧蓝的天空浮着白云，淡淡的月痕还未消逝，而东方的太阳正在升起，像一个红球般的颤动。这时芸芊来了。她还是同昨天一样，站在篱外，观看篱内的鸟儿，她似乎不知道我在等她，也没有期望我在里面，我也没有迎上去。

这时候鸟儿已经在婉转低歌，芸芊没有作声，站在那里，脸上浮出愉快欣喜的光芒。不一会，她低吟起来，两只鸟儿飞到她身边去，她蹲下去，同它们嘀嘟了好一会，那两只飞开，又飞来两只，慢慢地许多鸟儿都噪鸣起来，接着一群一群都飞出去了。我偷偷走向篱边去，我看芸芊在篱外正对着飞去的鸟儿扬手。我就隔着篱笆，轻轻地叫她：

"芸芊。"

她回过头来，似乎记起我昨天的约，露出非常聪敏而带着羞涩的笑容。

"芸芊，"我说，"我相信我可以了解你，同你了解那些飞鸟一样。"

她没有理我，似乎想跑走，又好像被好奇心牵挂着。我说：

"不要走。我想你肯把我当作鸟一样的同我谈谈。你知道我在这里养病?"

她没有走,但没有说话,脸上的笑容似乎不是含着羞涩,而是蓄着惊讶,她眉心间蹙起微颦,我骤然看到她的脸的奇美与高贵,我说:

"你进来好不好? 我有许多事情想告诉你。"

她不动,我说:

"那么我出来。"她忽然笑了,露出她对飞禽说话时一样的天真说:

"就这样讲吧。"

"我只要你相信我,我不是一个人;我是一只鸟。"我说,"我的心同鸟一样的。"

她点点头,愉快地微笑着。

"我相信你是听得懂鸟语的,"我说,"我希望你可以教我。"

"你怎么知道?"她开口了,"这里没有一个人是相信我的。"

"我知道,我相信,"我说,"因为我的心是一只鸟。"

"但是你听不懂。"

"我不懂,但这因为实在是我太笨了。"

"啊,"她忽然很同情我似的说,"你决不笨,……你知道我是一个白痴么?"

"你?"我说,"你千万不要听人们胡说,一切别人会的你很容易就会,一切你会的别人没有法子学会。"

"但是我不会读书,不会做事,他们说我话都说不清。"

"这不对的。"我说,"你要读书,我可以教你。你马上晓得这绝不是难事,只要照着方法用功。"

"你教我？"她兴奋地说。

"自然，"我说，"我没有事，你看，你愿意，我明天同你哥哥说，我教你念书，你教我鸟语。"

"但是，但是我不知道怎么教你鸟语。"她忽然天真地焦急起来。

"不要紧，不要紧。"我说，"我不是说你一定要教我，你不教我我也可以教你念书，是不是？我反正没有事，是不是？"

"真的？那么我回头问我哥哥。"但她忽然颓伤地说，"我怕你将来会觉得我太笨的。"

"这怎么会？"我说，"就是笨，又有什么关系？你不知道我是一个多么笨的人。"

"你知道我小学里的先生都看不起我，讨厌我么？"

"但是，"我说，"刚才那群飞鸟有看不起你讨厌你么？"

"没有。"

"你看，你仍旧不相信我的心是一只鸟。"

她随即笑了，轻轻地对我说：

"那么回头我同哥哥说去，现在我走了。"

我一直望着她美丽的人影远开去，一次两次，她回过头来看我，我对她扬扬手，像她刚才对飞鸟扬手一样。

六

我以为李宾阳总要来看我了，但是一直到太阳转西，天暗下来，他还没有来。

晚饭的时候，外祖母忽然说：

"宾阳也奇怪，怎么想到叫你教他妹妹书。"

"怎么？他同你说过？"

"今天他特地过来同我说，我说你是来休养的，不会有这个兴趣。"外祖母很平淡地说，"这么笨的人，教也没有用。"

"但是，我很高兴去教她的。"我说。

"你妈妈叫你来养病，你应当静静的多睡，多吃，医生不是同你这样说的么？"

"不过教她一个人书，也不费什么力，一天教她一两个钟头，等于解解闷，不然什么事没有，也很无聊，是不是？"

"你高兴，那我明天去告诉他们。"

"还是你晚上去告诉他们吧。"我说，"明天上午十点钟我就可以教她，每天从十点到十二点。你说好不好？"

"你教她试试也好。反正你不高兴教的时候，随时可以退她的。"

……

外祖母于晚饭后就派人去通知他们了，说已经同我商量好，决定明天上午开始，每天十点到十二点，教芸芊两个钟头。

第二天早晨，我又在后园会见了芸芊。同昨天一样，我等林鸟飞出去了，才同她去说话，我叫她进来，她不进来；我问她是不是十点钟来读书，她忽然说：

"哥哥说，婆婆告诉他你是来养病的，所以想了想觉得不好意思来打扰你。"

"没有这事。"我说，"我也借此解解闷，一天不过两个钟头。你千万同你哥哥讲，我非常高兴教你。"

"但是我没有告诉他我们早晨曾经谈起过。"

我想了一想，我说：

"也好，但是你能不能同你哥哥说，我下半天等他来下棋呢？"

她点点头。

"他来的时候，我自己同他说。"

"你千万不要提到我们在这里商量过。"

"你放心。"我说。

她不响，只是含着笑望着我，始终保持她刚才对鸟儿愉快焕发的神情，她的眼睛竟有不可测度的玄妙，时时躲开我对她的注视，但时时透露洞察我心肺的光芒。她的嘴唇微颤着，不时用如珠的稚齿咬她的红唇，似乎有许多话想说而不是她所能表达的。我忽然有奇怪的欲望想知道她的情形，我想问她哥哥对她的情感与嫂嫂待她的态度，但是我无从说起，半晌，我说：

"到里面坐一回吧。"

"啊，我要回去了，他们回头要找我的。"她说着就匆匆地走了。

七

李宾阳因为常常同我下棋的缘故，我们有较多谈话的机会，他曾经读过一年大学，因为父亲死了，他没有读下去，回到乡下管管他父亲遗传给他的两个铺子，养蜜蜂，种果子，大概也是秉性淡泊，从此就没有再出门去。他很聪敏，很明理，乡下许多事情，人家都同他商量，但别人都说，他很怕他太太。宾阳的太太，我见过很多次，是长得很端秀的一个女人，话很多，同谁都表示亲热，但一看就不是出于真情。我一直没有对她注意，但自从我知道她是芸芊的嫂嫂以后，我看见她也就同她多说几句话，我觉得她是表面大方，心地狭窄，一个庸俗而精干的人。我不但想到芸芊在她的家里不会快乐，而且觉得宾阳也不见得是幸福的。

宾阳虽然同我谈过许多社会人生一类的大问题，但从来没有谈过家庭太太一类的小事，也从来没有对我提到他的妹妹。那天，我们下了两盘棋，我开始同他谈到他妹妹，我说：

"你不是同我外祖母说你妹妹要跟我读点书么？"

"我正想同婆婆说，这事情怕于你太吃力，还是……"

"啊，这有什么吃力？"我说，"我外祖母老年人这么想；实则我又不是什么病，一个人每天没有事也怪闷的。"

"但是她，啊，不瞒你说，实在太笨一点。"

"我不相信像你这样的人的妹妹会是笨的。"我说。

"我也奇怪，我父母都不是低能，怎么她会这样，"他感慨似的说，"在小学里就一直留级，先生都说她没有办法。"

"她是不是很用功？"我说。

"她很用功，但是不知怎么……"

"你不要这样想她，"我说，"每个人聪敏不同，也许她始终不知道用功的方法。我想她也许……总之，让我教教她看，我倒想知道她究竟是怎么一回事。我看见过她一二次，我看她决不是一个像别人说她这样的笨人。"

"我有时候也这么想，可是她始终像是什么都学不上似的，就是家庭的事情，她也一点不能当手。"

"我想，她现在的环境已经摧毁了她所有的自信心，一个人失去自信心就什么都完了。"我说，"我自己也有这种经验。"

"这也许。"他忽然又转了口气说，"你知道我妈妈在的时候最宠爱她，所以我很想让她多读一点书，到城市去见识见识。但是她怎么也不愿意离开这里。"

"她不愿意一个人到城市去读书?"

"实在她在小学里读书已经读怕了。我看她没有法子跟别的孩子一同读书的。"

"这很奇怪。"我说，"那么你太太怎么样想呢?"

"她还不是普通的女人，芸芊在家里不能帮她一点忙，待在家里，岁数大了，那么自然希望芸芊早点找一个人家;但是嫁出去，叫她去受罪，我也不安心。她的样子虽早成熟了，但性情脾气，还完全是一个小孩子。"

"那么还是让她到我这儿读点书，"我说，"慢慢我劝她到城里进学校去。在乡下，大家都叫她白痴，你太太又没有法子帮助她，那么你不是要害她一辈子了么?"

"不过这太麻烦你了。"

"这有什么关系，"我说，"我虽然只见过她几次，但是你知道我很喜欢她。"

"她虽然笨，但是一个非常良善纯洁的孩子，"宾阳忽然说，"我的事情她都肯做，非常想做，但因为做得又慢又笨，所以我内人总不要她做。我有小毛病，她总是坐在我床边不离开我一步，但是我内人可顶讨厌她这样，说假情假意的什么什么，总之，你知道许多女人都是这样……"

我很奇怪像宾阳这样年龄的人会这样疲惫与懦弱，但是我已经看出了我当初的猜想是对的，他并不幸福，芸芊更是苦恼；他爱他的妹妹，但无法处置这妹妹，他虽然说让芸芊升学，而芸芊不愿意去，那谁知道不是他太太从中作梗？她太太当然只想把芸芊早点嫁出去就算了，读书还要学费用费，而且也许将来还要分他们的财产，我当时没有同他再谈下去，只是约定了明天开始教芸芊，十点钟叫她来。

大概就因为谈起这些啰唆的事情，宾阳一时心里似很不愉快。所以我同他又下了一盘棋。

他走的时候，我问到芸芊用的书本，他告诉我他家有许多旧的教科书，明天可以由芸芊带来。

八

就这样，我开始做了芸芊的教师。

过去，我曾经对于教育心理，教育学，儿童心理学一类的学科也用过一点功，我也曾在中学教过几年书，但是芸芊的确给了我一个奇怪的难题。

在开始时候，我几乎一点也没有办法。一切的科目，无论国语。算术，自然，历史，地理……我以为讲得非常仔细了，但是她听了一点不懂，她的神情完全没有谛听鸟语时的一点灵光，总是痴呆着望着我。有时候我几乎怀疑她没有在听我，我叫她自己讲，一字一句，讲不出的地方我再为她解释，但是她即使学会照我所解释的告诉我，她仍是无法理解所解释的意义。好些时候，我几乎要发脾气，但是我马上克制自己，我极力鼓励她的自信力，还坚持我对她的信心——她绝不是一个白痴，她一定有她特殊的所在，而是我所尚未探得的。但是我始终未能探得她特殊的所在。

五天以后，我在上午两个钟点以外，又在下午加一个钟点，每样教科，她不弄清楚，我不往下教，非常缓慢的一点一滴向她灌输，用许多故事比喻请她了解。这样就过了十天，教书的事情可以说过得非常苦恼。但是在生活上，我们有比较自然的交接了。

早晨，她总是到篱外去听鸟语，我不去惊动她，但等飞鸟外飞，我就上去招呼她，或者叫她进来，问问她一些昨天所讲的功课，有时候也谈些别的，如附近的山，传说的故事。接着她回家去，十点钟时候她总是很准时到来，下午傍晚时候又来。她的态度当然比以前自然，但一上课，她常痴呆得不知所措，这始终是我难解的问题。我要怎样才能使她把读书与生活打成一片，使她在功课中感到同别的生活一样可以自然呢。

有一天早晨，我们听了鸟语以后，我从篱笆门出去，我拉她陪我去散散步。

那是一个阴天，天空里有层层的灰云，远山如画，隐隐约约，好像离我们是很远的，田垄间刚刚种上禾苗，满眼青翠，在风中波动着像是一片清柔的绿水，路上都是露水，我们的鞋袜都有点湿了，忽然有一只喜鹊在松树上叫了，芸芊马上停步望它，脸上浮起了她读书时候从未有的灵光。我开始说笑话似的说：

"芸芊，我教你书已经十多天，你还没有教过我鸟语。"

"鸟语?"她笑了，忽然说，"是的。它们也像说话一样，但不是说话。"

"不是说话？但是你懂得它们叫的是什么？"

"我懂得，但是我说不出。"

"那么刚才喜鹊叫的是什么意思？"我说。

"它是……它是……"她忽然奇怪地说，"它说的不是我们的意思。"

"但总是有意思的，它也是生物，生物有一个生命，生命有生活，生活要吃，要住，要寻伴侣。"

"也许，也许……"她蹙着微颦，似乎想解释又无法解释地说："但是它们，它们同我们不一样，不像我们这样的……我怎么说？……总之，没有我们这样的复杂，不是我们说话的意义……"

她蹙着微颦，掀着鼻翼，很用力地想表达她的意思，我看她很焦急的样子，不敢再问她了。我想如果鸟语同外国言语一样，那么懂的人总可以翻译，难道不是言语，是一种符号，像惊叹符号一类的符号。我想，也一定因为芸芊无法翻译鸟语给我们听，所以全村的人没有一个相信她懂得鸟语，但是我对于芸芊对于鸟鸣的感应则实在无法否认。我说：

"你怎么学会了鸟语的？"

"我也不知道，"她说，"我认识鸟以后，就知道了。"

歇了一会，我又问她：

"你知道那些鸟都快乐吗？"

"有的快乐，有的不。有时快乐，有时不。"

"不快乐的，你也劝慰它们吗？"

"我自然安慰它。"

"那么你怎么同它们说呢?"

"我说不出来,我只是,只是……"

以后我也没有什么可以问她,只觉得她不是一个人间的凡人,而她独特的地方竟无法认识。

九

但是,有一天,忽然发生了一件意外的事情。

那天,外祖母叫我写信,芸芊来了,我叫她先到我房里去看看书等我一会。我于十几分钟回到房里,她忽然脸上露着无限的灵光拿着一张纸问我:

"这是什么?"

我一看,是我夜里写的一首诗稿,这诗是这样的:

鸟　语

山中有的是鹧鸪,

对着城市烟尘,

千遍一律的叽咕。

说到园里的老树,

衰老的啄木鸟,

又整天在那里道故。

还有柳梢黄鹂无数，

长长的日子，

总嘀嘟春城的荒芜。

此外梁间燕子无数，

始终诉说春风春雨，

花间的许多凄苦。

最熟识是帘下鹦鹉，

他整天怨狗怨猫，

还抱怨发响的茶炉。

那么叫我飞往何处？

难道站在街头电话线上，

整天听人类愚蠢的噜苏。

"是一首诗，我昨天晚上写的。"我说。

"你写的？"她脸上露出无比的灵光，"我喜欢它，我抄一份可以么？"

"自然可以。"我说，但是我心里可奇怪起来，我说，"你懂得这意思？"

"我不知道，"她说，"不过我喜欢。"

"你以前念过别的诗么？"

"没有。"

那时我手头正有一本唐诗三百首，我顺手拣出来，选几首七古讲给她听。她竟非常高兴与欣喜，眼中透露无限的灵光，似乎马上就了解了那些意境。

她的焕发使我也兴奋起来，我感觉到我已经发现了她独特之点；那天我就没有教她别的，我同她讲解了几首唐诗，我问她哪一首喜欢，哪一首不喜欢。奇怪，她竟像很有选择的趣味一样，肯定地来说"是"或"否"，她的脸始终有愉快的表情，眼睛闪着聪慧的灵光，完全像她同飞禽交语时候一样，毫没有平常上课时候那样的痴呆，我是多么喜欢她美丽的脸上永远浮着这种焕发的光彩呢。

我不知道她是凭什么了解这些诗意的，我所讲的原是文字上的意义，实际上一首诗的美虽是靠文字传达，但讲诗的人还是并不能说出诗中的情趣的。她的中文程度自然不高，常常一篇作文写不通顺，而且别字很多。可是，她从我讲解中，竟毫无困难来克服这些文字，而马上穿过这些文字到了诗意的欣赏。顶奇怪的是一个常常记不清功课的人，对于这几首诗，不过朗读了三四遍，就已经可以背诵了十分之七八。

她于十二点钟回去，我叫她把几首诗去抄在簿子上，她还借去了我的诗稿《鸟语》，我叫她注意里面每一个字的写法，这次不要写错。

第二天早晨，我与她于听完鸟语后又去散步，在路上她背诵了那几首唐诗，还背诵了我的《鸟语》。但这并不是使我惊奇之处，可异的是她诵诗的声音，那声音里似乎含着我未能洞悉的玄美；尤其是当她背诵我的那首《鸟语》，我觉得她已经在我诗句以外创造出新的我所未达的素质。

那时候我们不知不觉走到一个砌得很整齐的白石坟墓，江南的坟墓前面都有一个祭场，我们就走进了那个祭场。我无意中碰到她白瓷一般的手，我拉住了它，我说：

"芸芊。"但是我不知道要说什么。

是晚春，天是蓝的，田野是绿的，墓坟的周围有黄色紫色的野花，我说：

"你喜欢春天么？"

"我喜欢，我顶喜欢春天，春天有鸟有花。"她说着活泼地摆脱我手，跳到石栏外面去采野花。

我没有再说什么，我坐在石栏上，觉得她的确是神奇的，但是她的神奇也许不是属于人间。她采花回来的时候，我要她同坐在石栏上，我开始从花告诉她植物的知识，我又谈到气候与花的关系，于是我对着天空太阳，我谈到地球星辰的关系，以及风暴雷电的常识，接着我就讲到地球同它的变化，于是我谈到地理，人类的历史……在这个长长的谈话中，我发觉她虽然并不十分了解，但是她似乎很感兴趣。

太阳慢慢升到天庭了，我们浴在阳光中，我已感到十分燠热，我看时间已经十点多了，我想到我们都还没有吃早饭。我说：

"你知道刚才我同你讲的就是功课么？"

"这很有趣。"

"那么你把我讲的再想一遍，今天我们不再上课了。"我说："回头你只把昨天抄好的诗给我看看，好不好？"

……

十

自从那天开始，我就再不拘束上课的形式同她死板地教书了，我要她自己想，自己体会，自己摸索。我把我的诗作给她看，讲给她听，我要她给我意见。我等她能很肯定地说出她懂不懂，喜欢不喜欢，说出她对某个意象之异于我或同于我的感觉，于是我叫她试着用她的言语写她的感觉，我叫她一点不要限制自己，不要用题目，不必连贯，不要故意写长，只把看到的感到的写下来，这个试验对于她的确有效，她写出许多奇突的看法与想法，我于是为她改适当的字汇，正确的语气，这样她慢慢地就比较会表达意思，虽然缀成一篇的时候，仍不免有重叠的叙述，颠倒的论理。

奇怪的是数学，她对于很简单的演算总是搅不清楚，而稍长的数字就常常没有法子控制，无论加减乘除，几乎没有法子做对；可是，很难想的问题，她倒时时很轻易地想了出来。

此后，凡她所不能的，我也不再促她速成，一切在她是一种刻苦的努力的，我完全不要她做了，我要她自信，要她自由自在与自然，不但读书如此，处世接物我也希望如此，而她的确有许多改正。我发觉她的悟性无疑的是超乎常人，她直觉非常灵敏，但是她没有系统与组织的能力，记忆力不强而感应力非常丰富，许多的回忆实际在她只是一种感应而不是记忆，她似乎有十个心灵，但缺少一个头脑，而她性格的超绝与美丽，纯洁与良善也许也正是这个原因了。

日子就这样在不知不觉中过去，田野的绿波长成了稻穗，天气已经热起来，我的健康有很大的改进，我的食欲增强，失眠减少，我的心境有空前的宁静。我每天有很规律的生活，而同芸芊在一起，也再没有使我感到棘手的困难了。这因为我已经开始对她了解，而她也开始对我信任。

但就在初夏的一天，发生一件奇怪的事情。

平常芸芊总是在我吃中饭以前就走的，那天不知怎么，我吃饭的时候她还没有走，她同我一同到里面，那时桌上的饭菜已经开出来了。我坐下去，她忽然一声不响很快就跑了。

外祖母没有理会这件事，我心里马上感觉到她有点异样；但我怎么也想不出理由，要说是没有留她吃饭，那原是那里的习惯，而她从来没有在我们那里吃过饭。我没有说什么，但是我心里始终占据着一种惆怅与不安。

第二天早晨，我很早就起来，我希望在园中可以问她，但是我等了许久，竟没有芸芊的踪影。十点钟的时候，芸芊也没有来上课，我的心开始空虚与焦虑起来，每天同她见面不觉得什么，一天没有了她，我才发现了她在我生命里的重要。

我在中午已经吃不下饭，下午也不能午睡。三点钟的时候，我没有办法，我走出去，我走到李宾阳的家里，宾阳到镇上去了，不在；我看到宾阳嫂，她很客气的招待我，告诉我芸芊病了。

"昨天还是很好的，很活泼的。"

"你一定有什么事情骇了她，"她说，"她回来神气很不好，跑到房里哭了，饭也不吃。"

"我没有什么事……"我一面想着一面说，"难道因为没有留她吃饭？"

"啊，那不会。"宾阳嫂说着。又似乎对我同情似的说，"她是一个不知好坏的人，你太姑息她，她就会什么起来，最好不理她。"

"这话是不对的。"我说，"一定有点原因。"

"你要知道那原因?"她笑了。

"自然。"

"那因为你昨天在吃鸟肉。"

我愣了，不错，昨天有乡下人来卖斑鸠，外祖母问我要不要吃，我说好的，她就买了两只，中午的饭桌上就有了这菜。

"你不要生气。"宾阳嫂说。

"这怎么会?"

"人家吃素不管别人，"宾阳嫂说，"她吃素连看别人吃荤，尤其吃鸡鸭飞禽她就不舒服，我们平常根本就不给她瞧见。所以吃饭也分给她一个人去吃。"

"她吃素?"

"她一直就跟她母亲吃素的。"她说，"不过平常她知道别人吃鸟肉也没有这样，昨天她可哭得厉害，连夜饭也没有吃。"

"宾阳兄怎么不来叫我?"

"他还叫我们不要让你知道呢，他说别人这样教她书，她还要因为别人吃什么，而发怪脾气，让别人知道了不当成话柄!"她说，"这孩子根本就不能对她好，一宠爱她就常有这种奇怪的噜苏，她对她哥哥有时候也常常有不讲理的事情。"

宾阳嫂的话很使我不入耳，我没有说什么，我站起来，我说:

"我可以看看她么?"

"她就在里面。"宾阳嫂说着站起来，带我走到里面一间旧式的房间，窗前一张桌子，放着一些她日用的书，里面是一张旧式的凉床，两口敝旧的大橱在窗的右面，左面是一个敝旧的茶几，就在茶几的上面墙上，贴着一张纸，是芸芊自己写的，我看到就是我的那首诗《鸟语》。我的心怔了一下，我马上发现了她对我是有奇怪的失望了，我知道是这个失望使她感到了不可忍受的痛苦。

芸芊斜靠在床上，她看我们走进去并不吃惊，也没有理我，只是坐了起来，低下头。我说：

"芸芊，你为什么不好好地提醒我要对我生气呢？你知道许多人一直做错事是自己不知道的，要父母师友提醒了才知道。等于你做错算学一样，要靠别人懂得的来告诉你。每个人都不是圣人，谁都有错，谁都有不知道的。某一方面聪敏，常常另外一方面特别笨，我不是说过我有特别笨的地方么？你比我聪敏的应当教我，正像我比你聪敏的地方教你一样，是不是？"

芸芊低着头没有说话，但是我从她脸上看到了她对我谅解的神情了。宾阳嫂看芸芊不响，她想芸芊并没有听懂我话，但仍是以为自己很聪敏地说：

"人家好意来看你，你还要不识相……"

我赶快劝阻了宾阳嫂，拉她一同出来，我回过头去说：

"明天我等你。"

十一

夜里我失眠，入睡的时候竟是四更时分，早晨鸟叫了我才醒来。

我到了园中，看篱外的芸芊已同许多鸟儿在咭咭啾啾，她的美丽的姿态，奇妙的神情，愉快的光彩，在阳光中竟是一个不可企及的仙子，我马上想到我昨天吃鸟肉的残忍与丑恶，庸俗与无知，我感到无地可容的惭愧与无法洗刷的内疚。我走出篱门，等了好久，就在那些鸟儿外飞，芸芊对它们扬手以后，我走到她的身边，这一瞬间我发现了显露在她美丽清秀的面容上的无法企及的心灵的洒脱与高贵。自从认识她以来，我始终没有把她看作笨于常人低于常人，但是我也始终因为我年龄与学识高于她而把她当作孩子，而如今，在我感到自卑与惭愧的一刹那，我才真正认识了这个毫无尘土与烟火气的灵魂。我说：

"芸芊，我昨夜难过了一夜。你看，我是多么愚蠢与庸俗。谢谢你给我这高贵的指导。"

"你没有怪我，"她迎着我说，"我非常感激你。"

"是我应当感激你的。"我说，"不然我一辈子都是愚蠢的东西了。"

"我不好，我不应当生气，是不是？"

"不，不，你一定被我骇坏了。"

"因为你说过你的心是一只鸟。"

"但是我的头脑竟是野兽！"我说，"你以为那些飞去的朋友们会原谅我么？"

她突然沉默了，眼睛里淌下奇怪的泪珠，她点点头。

我不知不觉拉着她同我一同散步，大家沉默着。阳光照在我的身上，田野间长长的稻穗时时擦着我们的身子，远远的青山是和平的，附近的树林是青翠的，突然，一阵"布谷布谷"重浊的叫声传来，啊，那是斑鸠，我昨天吃的就是它们的肉，这声音是对昨天死者的哀悼呢，还是在对我叱责呢？我非常难过，我对芸苇说：

"你听见这声音么？"她点点头，但突然感到了我心中的痛苦，她说：

"它们不会知道你的。"

我没有再说什么，拉着她的手就回来了。

自从那一天起，我开始茹素，虽然后来在各地流浪，我又吃荤食，但是我没有吃过家禽和飞鸟。

散步回来以后，我们去吃早餐，十点半的时候她来上课，我们似乎更加接近，我们的心灵有一种说不出的交流，我无法叙述我们以后在一起的时候是多么愉快。

天气热起来了，早稻已经收获，遍野开出了紫色的草偃花与金黄的菜花，天空更加晴朗，我的健康已经很快的恢复，外祖母是多么相信这是她的能力，在都市里的母亲与亲友，是多么相信这是医生的妙方，没有人知道，除了我自己，那只因为我在受芸苇的熏陶。

我开始要想到回上海去工作了。那时候我在报馆里做编辑，我告假养病，是托一个朋友代着，他知道我健康恢复，已写信来催我回去。但是我如何离开芸苇呢？而芸苇离开我又将是一件什么样的悲剧！我开始同李宾阳谈到让芸苇到上海升学的事。我告诉他我家里只有一个母亲，芸苇可以住在我们家里；我向他保证，我一定像妹妹一样的待她；我还告诉他，我一定帮她升学；最后我说到如果经济上他需要我帮忙，我也可以负担。宾阳一直冷静地听我讲，最后他忽然说：

"我自然相信你的，"他停了许久，忽然问，"你以为这些是她的需要么？"

"她正是读书的年龄，而且我敢告诉你，她绝对不比你笨，不过你们性格的方向不同罢了。"

"也许。"他说，"但是不管怎么样，她最需要的是一个会爱护她看重她的丈夫。"

宾阳的话使我愣了。突然想到，我是不是在爱芸芊呢？我一直没有想到这问题，如今一想到，我马上发觉我是无法否认，我在爱她，我爱她已经很久，我一直在爱她。我勇敢地庄严地对宾阳承认我在爱她。

"那么为什么你不想娶她呢？"他说。

我不知道，我一直没有想到爱她，我也一直没有想到结婚；宾阳的问题使我没有法子回答。我说：

"她还年轻，她还不能分别是不是爱我，她的纯洁天真不同常人的性格还有她发展的自由，她还是第一次碰见一个尊敬她的男人，是不是？只要她爱我，我马上愿意同她结婚，但是，宾阳，为她的幸福，且让她跟我到上海去读一年书，明年这时候，我同她回来决定这个问题好不好？在这一年中，我决定像我自己妹妹一样的待她，你可以放心，我希望她在一年中会真正知道她是要我，爱我……"

宾阳听了我诚恳的倾诉，他沉默了，半晌，他问：

"你有没有问过芸芊，她愿意不愿意去上海读书呢？"

"还没有。"我说，"我连我要去上海都不敢告诉她。我考虑了很久，只有先同你谈比较妥当。假如她高兴去而你不应允，这将多么伤她心呢。"

宾阳沉默许久，忽然站起来说：

"她是我母亲顶爱的女儿，她是美丽的，纯洁的，良善的，虽然笨一点。希望你不要负她，如果她确实爱了你的话。"他说着就走了出去，回过头来又说，"还是我夜里自己去问她去。"

十二

我所以同宾阳先谈，是因为我已经决定，如果宾阳不允许的话，我打算把职业辞去，暂时就住在外祖母家，不离开那里了。如今居然得到宾阳的同意，而芸芊竟也很高兴到上海升学，我就打算早点回上海去。事先我当然写信告诉我母亲。

在上海，我们住在槐明村三十二号，那房子开间不大，但是还算整洁，精致；母亲住在三层楼，我住在二层楼，本来我有一个妹妹，住在二层楼亭子间，但在去年她嫁了一个年纪比她大十岁的医生，结婚后马上跟着丈夫到英国去了。妹妹嫁后，母亲比较寂寞，但幸亏我还有三个姊姊，虽然早嫁人，可都在上海，所以常常到我们那里来看母亲。至于我，除了睡觉与招待来看我的朋友们，则很少在家里的。如今我请芸芊到我家里去住，正好代替我妹妹的位置，母亲当然很高兴。本来妹妹的房间是现成的，如今就给芸芊住。

一切都很好。但没有几天，姊姊们来看我以后，空气就有点两样。芸芊不能讨大家称赞与欢喜，正如她在乡下时不能讨人欢喜一样；她不爱说空话，不会打牌，不会帮管家务，而尤其奇怪的她不爱玩，不爱出门，不爱上街，不爱买东西，不爱时髦。初到的时候，我也想陪她去看看戏，看看电影。所以同母亲姊姊凑在一起，但一次两次以后，她就问我是不是可以不去，我说这当然不一定要去，从此她就再也不去了。我自然也忙了起来，有事情不说，大都市的应酬当然非常繁多；芸芊已不能常同我在一起，她同母亲生活不能调和，一切亲友的往还于她自然更是格格不入；她马上陷于非常孤独，一个人几乎整天不说一句话，用人看母亲不喜欢她，也就对她非常不好，并且常常在母亲面前说她坏话；但是芸芊从没有对我提起这些事情。我一天到晚在外面，回家往往很晚，等我门的总是芸芊，而也只是这时候我有机会同她见面，我们常常在客厅坐一回，吃一点我带回来的水果或者点心，谈谈话。她从来没有同我谈到白天的生活，我也竟对她完全疏忽着，日子就是这样的过着。

学校招生了，我为她在两个学校报名，但是我再没有工夫为她补习功课；在考试那一天我陪她去，我看她非常害怕。

揭晓的时候，她竟一个学校都没有考取，我马上发现了我的疏忽，我在外面看了报纸，赶快赶回家去，发现她一个人在亭子间哭泣。看我进去了，她赶快找别的事情掩饰；我马上劝她不要难过，不进中学，找一个妇女补习学校补习补习也是一样。那天我陪她一天，下午我带她到兆丰公园。一进公园，我马上想到我竟有这许多日子没有让她接近飞禽！当我看到她对着树上的小鸟咕哝的时候，她的脸上是多么光明与灿烂呀！我于是陪她到动物园，在那大笼中的许多飞鸟面前，她是高兴的，她一再同我谈到关在笼里的生活，但是她与里面的鸟儿咕哝了一回，她倒也没有显出特别为此不安。我们到了很晚才出来，我陪她在一家讲究的素菜馆吃饭，回家已经不早。

第二天我为她寻一个补习学校，还为她买两只笼鸟——一只画眉，一只百灵。

这两只鸟很使她高兴,但是两天后她要我把它们放去;我告诉她这里没有这个环境,即使放到公园里,它们也许已经没有自己生存的力量,也很可能被别人捉去,而世界上绝没有第二个像她那样喜欢鸟儿的人了。我劝她好好养它,如果要放它出来,在房间里自然随时可以放放。

她接受了我的意见,从此她就有了伴侣,我见到她的时候,觉得她似乎比较快乐了。她同我常常谈到那两只鸟,夜里回来,还要我到房间里去看它们,有一次,她忽然告诉我说:

"没有它们的时候,我一天只为夜里等你回来的一刻生活;有了它们以后,我就又多了两个朋友了。"

我当时对她这话没有什么感觉,但等我一个人回到自己房里,我突然想到她在我家里是多么孤独与寂寞呢。

以后,我逐渐注意到我母亲对她是歧视的,用人对她是敌意的,亲友对她是轻蔑的,自从她考不取学校后,似乎更加不好起来。现在我唯一希望是她进了补习学校以后,可以比较好一点,我预备中饭让她在外面吃。

但是出我意外的,在我陪她到补习学校以后第三天,那天我回家不早,大家都睡了,芸芊来为我开门,我们一同走进客厅,她忽然说:

"我不想念书了。"

"为什么?"

"我想……我觉得……"

"这算怎么回事?"我说, "你学校考不取,我为你找补习学校,……你不习惯,忍耐忍耐,就会习惯的,人总要同人来往,不能够这样……"

她半晌无语，低下头，忽然啜泣起来，她嗫嚅着说：

"我愿意做你的侍女，我只想做你的侍女。不要让我去读书吧。"

"这什么话，你年轻，你什么都可学会，你没有不如人的地方，你千万听我的话。你看，我期望你，我相信你，还有你哥哥，他也期望你，你要为我们两个期望你的人争气，是不是？"

以后，她再不提这件事，她每天到学校去，我晚上回家，她总是捧着书本为我开门，她永远有一个愉快的笑容让我看，但她的眼睛所闪耀的灵光可逐渐灰暗了。

而一星期以后，一件可怕的事情发生了。

十三

那天我回家是十点钟，在门外就听见母亲在厨房里很大声地对用人说：

"爱吃不吃，管她呢；我的猫咬死她的鸟，又不是谁指使的，……我们当她客人，同她客气，她倒……"

我进门，母亲迎上来就对我诉述，我劝慰她几句，我说：

"妈，她还是一个小孩子，你不要看她是一个大人。"我说着就赶到楼上。

我闯进了芸芊的房间，我看她对着两只死鸟，两只空笼，垂着眼泪；本来特别白皙的面颊，这时候似乎更加凄白，她在发抖，她又伤心又害怕，她伤心的是为她死去的朋友，她害怕的是为我在生气的母亲。她看见了我，突然拉着我，抬起流满眼泪的面孔说：

"我对不起你，我对不起你！"

"我不好，我不好。"我抱住她的面孔，禁不住流下泪说。

她没有再说别的话，痴呆望着我，还在发抖；她面颊是冰冷的，像是带露的莲花瓣；眼光是摇曳的，像是冻云里的星星；嘴唇颤抖着，凄白的颜色像是带雪的寒梅；我在脸上看到了她纯洁高贵谦逊神圣的灵魂。我俯身下去，手握到她冰冷的手指，脸贴在她的冰冷的脸上，她忽然低声地在我耳边说：

"明天让我回家，好么？"

"随便你，……但是我跟着你。"我说着跪倒在她的面前，我吻她的手。

她一声不响，抬着头。我说：

"你愿意嫁给我么？让我另外住一个地方。"

"你要我？"她说。

"我只怕我不配。"

"我不配，我知道我不配，"她望着虚空说，"你有你的社会，你的前途，你的事业，你的朋友，你的交际，我没有一点可以配合你这些。"

"但是我爱你，没有你就不会有我。"

"我总是你的，随时都可以是你的，但是你应当考虑，细细地考虑，是不是？我笨，我不会读书，我不会管家，不会交际，不会做事；我不但不配你爱，我不配在这个世界做人。"

母亲看我一直在芸芊房里，下面又嚷起来，芸芊直叫我出去，但是我没有依从，我们一直偎依着，没有再说什么。隔了许久，我听见母亲生气地出门去了。我说：

"让我们明天到杭州去住些时候。我有一个朋友的姑母，她自己有一个庵，那面有房间出租，我曾经去住过。那个朋友的姑母是一个寡妇，没有孩子，所以置了一个庵在那里修行；那面非常清静；我们到那面再计划怎么样结婚，怎么样成家；上海生活太乱，杭州比较清静，如果我在杭州找到事情，我们就索性在杭州生活，你说好不好？"

"不要问我吧！"她颤抖地说，"你知道我什么都不懂的，我相信你，你说怎么就怎么好。"

夜寂寞了，我们偎依着没有再说什么，我们意识着彼此的心跳听凭时间的消逝。最后，我劝她早点就寝，叫她明天上午早点理好东西。我就走了出来。

第二天一早我就出去，我拿了些钱，在报馆告了假，托了人。

下午我假说送芸芊回家，就同她搭了一点十分的车子到杭州去。在四围青山绿树旷野流水的途中，芸芊像是从竹笼回到了树林的小鸟一样的焕发起来，她美丽得像是一朵太阳映照的白云。

十四

蓬悟是我那位朋友姑母的法名，她有很好国学诗画的根基，但早寡，膝下没有子女，后来信佛，拜一个很有学问的老尼为师，她没有削发，但建了这个宝觉庵，同她的师父法藏住在一起，法藏已经七十六岁，精神很好，但她不管一切的庵务，常常在里面不出来的。宝觉庵不大，正殿三间，东南厢房每面只有三间一弄，东面弄堂穿出是厨房，西面弄堂穿出是另外一个小院，那里有两间房子就是在香市里出租的；正殿的后面是一个竹园，殿前的院落有两个莲花石柱，一个铁香炉，大门开在左边，右边是花坛，种着茂盛的天竹。

蓬悟师把我安顿在小院的房内，把芸芊安顿在正院的厢房——法藏师父房间的隔壁。我们到的时候已经不早，吃了一点东西，同蓬悟师谈一会就就寝了。

第二天早晨，我起来很早。我走到正院，就看见芸芊在殿前听院中的鸟语了。莲花石柱原是置米喂雀的地方，许多麻雀从屋檐飞到石柱，从石柱飞到天竹，庵中从来没有人对它们恐吓伤害，所以它们极其自由自在，芸芊在那里似乎走进了她自己的世界，她露着纯洁的笑容与神奇的眼光对麻雀低语，它们就飞到了她的周围。这使姑妈及其他一二个小尼姑都惊奇起来。

芸芊一直没有理我，一直到蓬悟师叫我们去吃早点。

早点后，我偕芸芊到外面散步，宝觉庵在山腰，我们向上走，穿过修竹丛林，一直到半山亭方才回来。下午我去午睡，起来的时候，我发觉芸芊同蓬悟师竟非常熟稔，有说有笑的在一起；这使我非常奇怪，芸芊是很不容易对人接近，也不容易使人接近的，而对蓬悟师竟有这样不同。我开始想到因缘的说法。我不相信蓬悟师对她有什么了解，也不相信芸芊到宝觉庵同到我家有不同的情绪，但是她对蓬悟师甚至庵中的别人竟完全同对我母亲与对我亲友不同，她自然，她活泼，她好像已经住得很久一样，非常容易寻话来谈。

但是奇怪的事情并不至此。

第三天早晨，当我们出去散步的时候，芸芊忽然说：

"法藏师竟非常喜欢我，她昨天晚上教我心经。"

"法藏师？"我惊异起来，因为我知道法藏师不常出来，看了人总是笑笑，说句"阿弥陀佛"，不会多说话的。

"她叫我到她房里去。"

"你喜欢心经么？"

"我喜欢。"她脸上露着稀有的灵光说，"我已经会背诵了，这比诗还有趣。"

"你已经会背诵了？"我问。

"我念给你听好不好？"她说着就很熟的念了起来。她的低吟永远有奇怪的美妙。

这当然使我非常惊讶，我默默在她后面走着，这次我们顺着溪流往下走去，天空有云，太阳时隐时现，下望田陌阡陇，烟尘弥漫，四周有树，树上不时有鸟儿在歌唱，宁静的世界只有我同芸芊。她把心经背完，突然她说：

"你看见那只翠鸟么？多漂亮。"

我果然看见树上一只曳着长尾，全身青翠的鸟儿，芸芊忽然像对它说话似的咕哝了一回，她说：

"我们回去吧。"

"累了么？"

"不，"她说，"蓬悟师借我一部《金刚经》，你今天教我好不好？"

"啊，我也不见得都懂。"

但是我奇怪，我喜欢，好像很容易接近似的。

于是我们回到庵里，就在我所住的小院中，一张板桌上，我照着字面为她讲解《金刚经》，她眼睛闪着奇光，感到非常有兴趣，碰到我觉得对她难以讲解的地方，她总是说："不要紧，不要紧，讲下去。"上午下午我们都在那里消磨了，但是这是一个多么和平宁静的一天呢。

我于第四天一早下山去看朋友，芸芊留在庵里，没有跟我去。我计划先去找一个职业，再去找一个于职业便利而又是清静的房子，等布置好一切，就同芸芊结婚，我决定为她把生活改成简朴安详，我决定不带她接触她所不习惯不喜欢的社会，而伴她多接触自然，山水，树木与飞禽，但这一切都不过是我自己在睡前醒后独自打算，我没有同芸芊谈起；芸芊一进宝觉庵就一直像整天同鸟儿在一起一样，她安详，愉快，脸上是和平的微笑，眼中是神奇的光亮，我不愿再把世俗的事情去打扰她，因为我知道她在那方面是幼稚无知，而她是完全信赖我的。

但是当我于那天找了三个朋友跑了一天回到宝觉庵的时候，我没有法子不告诉芸芊，我实在太兴奋太快乐，我一路上来几乎不能停止唱歌与欢呼。

蓬悟师正在做晚课，芸芊在院中等我，我一进门就把她抱了起来。我于是告诉她我出去找了三个朋友，真是好运，一个在图书馆里，说他们正需要聘请一个主任；一个是中学校长，他们还缺一个英文教员，我肯去他们高兴极了；还有一个在报馆里，说马上可以让我进去；本来我愁没有职业，现在有三个职业可以给我挑选。我于是就告诉她我心里的一切的计划，我说今夜我决定了在那里做事，我就去找房子；找好房子布置好了，再让芸芊去看，我还告诉芸芊，我现在还不想带她游山游湖，我要等什么都布置好了，结了婚，那时候我先要同她在湖光山色里逍遥两星期，以后再去做事。

我挽着芸芊站在山门。望着天边的落日，山下的炊烟，林中的归鸦，我倾诉我对她的爱，我决心舍弃对尘世无谓的恋执，同她过淡泊恬静的生活……但是，芸芊竟沉默着，没有说一句话，我回头看她，她莲花瓣一般的脸颊，映照着斜阳，更显得无比的艳美，淡淡愉快的微笑永远有神奇的洁净，她没有看我，她从怀里拿出两张鹰签诗，她拿了一张给我，她说：

"这是替你问的。"

我接过一看，看到那上面写着的是：

"有因本无因，无因皆有因，

世上衣锦客，莫进紫云洞。"

我突然有一个说不出的感觉，连连读了五六遍。芸芊又递给我一张，她说：

"这是为我自己问的。"

我接过来，读她的签诗：

"悟道本是一朝事，得缘不愁万里遥。

玉女无言心已净，宿慧光照六根空。"

我再读了一遍，我又读了一遍。我不能再说什么，望着天边的落日，我沉默着，我的科学知识与修养竟未能救拔我那时候的奇怪的迷信，但是即使是迷信，而它又是多么美丽呢！半晌，芸芊忽然说了：

"这里已是我的天堂。"

我说不出什么。

"法藏师蓬悟师她们才是真正不以为我是白痴，不以为我是愚笨的人。"

"但是我……"

"你是好的，但是我在你身边，觉得只是依赖你；同她们在一起，我觉得我也在帮助她们。"

我不懂，但我曾经懂过什么？

我返身到了庵里，我开始恨法藏师，这个老尼姑究竟用什么诱惑了芸芊。

我避开了芸芊，一个人到法藏师的房里去。

这房间很暗，没有点灯，她拿着念珠闭着眼在念经。她连眼睛都不张开说：

"你坐。"

她满面皱纹的笑容，慈祥而幽默，在暗淡的光线下，它使我的心沉了下来，我说不出话，我坐下许久，把想说的话语改变了好几次，最后我开口了：

"法藏师，你以为芸芊在这里是对的吗？"

"除了她自己，还有谁能够知道这个呢？"

我没有话说了。

"她认为快乐的，"她说，"我们作苦痛的解释有什么用呢？"

我不能再说什么，枯坐了半晌，天渐渐地暗下来，房内已经漆黑。我站起来说：

"谢谢你。"

十五

我一夜没有入睡，第二天她们做早课的时候我就起身；在殿前我看到芸芊已经穿着袈裟，伴蓬悟师在做早课了。

早餐后，我一个人在房间内，蓬悟师进来看我，她说：

"芸芊仍旧愿意听你的话的，如果你一定以为……你知道她很难过。"

"我知道。"

"但是她是有缘的，同这里。"

"我相信。"

"她可以在这里，不一定马上要出家，反正她是吃素的。"蓬悟师又说，"你如果在杭州做事，常常可以来玩，还有什么不好呢？结婚成家，对你对她是幸福的么？你是聪敏人，你知道她的性格比我详细，你期望她幸福比我还渴切，你决定好了。"

"谢谢你。"

蓬悟师走了。我一个人陷在沉思之中。

假如我听蓬悟师的话，我在杭州做事，每星期来看看芸芊，这也许是幸福的生活，但是我不能，我有世俗未脱的欲望，我不愿自私，但我仍有自私的心理，我知道芸芊是超脱的，高贵的，她不是属于我的，她属于一个未染尘埃的世界，在那里，她才显露她的聪慧光彩与灿烂；在那里，她才真正有安详与愉快。我无助于她，无益于她，我在她已是一个多余的人，在她，我是她感情上的负担，正如她在上海时是我的负担一样。这还有什么话说！我没有再见芸芊，第二天，一早我就下山，我马上回到了上海。

上海的生活还是同过去一样，忙于是非，忙于生活，忙于应酬，忙于得失，我希望我很快地就忘却芸芊，然而她始终在我疲倦时孤独时在我心中出现，而我的生命离她的境界又是多么远呢！

两个月以后，忽然李宾阳来看我，他告诉我他接到芸芊的信，他曾经写信去劝她同我结婚，但是她来信说她已经觉得宝觉庵是她的天堂了，她不想改变。宾阳因为不放心，所以亲自到宝觉庵去了一趟，他在那面住了一星期，他看芸芊过得非常快乐，同庵中的人有说有笑，所以他也就放心了，他捐了两千元钱给宝觉庵，也算他对妹妹一点意思。

这是我所知道的芸芊最后的消息。

以后，我一直在都市里流落，我迷恋在酒绿灯红的交际社会中，我困顿于贫病无依的斗室里，我谈过庸俗的恋爱，我讲着盲目的是非，我从一个职业换另一个职业，我流浪各地，我结了婚，离了婚，养了孩子；我到了美洲欧洲与非洲，我　个人卖唱，卖文，卖我的衣履与劳力！……如今我流落在香港。

我忘了芸芊，我很早就忘了芸芊，但每到我旅行到乡下，望见青山绿水与青翠的树林，一听低微的鸟语，芸芊的影子就淡淡的在我脑际掠过，但这只像是一朵轻云掠过了天空，我一回到现实生活里就把她忘却，多少次我都想写封信问问她的近状，但是对着我污俗的生活，我就没有勇气去接触这无限平和淡泊的灵魂。五年前，我回国，我曾经写信给李宾阳，没有回信。

如今我忽然接到了那部《金刚经》，我发觉这就是那部在我们到宝觉庵第三天，芸芊要我教她，我们在小院子板桌上读的经本，那是法藏师借给她的。

信与书都是从我故乡转寄来的，我已经不知道我的故乡还有什么族人存在，但是他们从何处晓得我的地址呢？这当然不难，上海的戚友都知道的。但我也不想去知道了。

我看到了圆镜里我自己，一个多么世俗的面孔！挂着泪，染着尘埃，我早已不再茹素，虽然我并没有再吃家禽与飞鸟。

我抛开镜子，我的泪突然滴到了桌上的《金刚经》，我看到上面的两句：

"……所有一切众生之类，若卵生，若胎生，若湿生，若化生，若有色，若无色，若有想，若无想，若非有想，非无想，我皆令人无余涅槃而灭度之……"

选自《徐讦小说·离魂》

安徽文艺出版社 1996 年版

作家的话 ◇◇

　　文学是一种以文字为媒介表现作者对于人生的感受的一种艺术。文艺是宣传，而宣传即传达。一个艺术或文学家以有所感，无论是喜怒哀乐，他第一步是表达，第二步才是传达，所谓表达即是从下意识的我向意识的我的一种传达，这种下意识的我向意识的我传达的东西，无论是思想或情感，有时候往往是极不清楚的，或者说是模糊的一种形象。

《从文艺的表达与传达谈起》

评论家的话 ◈◈

　　徐訏生长在农村，但很小就离开乡村来到都市。他在都市里流浪漂泊，但内心深处仍有着浓郁的恋乡情绪。尽管徐訏写过很多部浪漫唯美色彩的小说，但也有泥土味浓重的乡土著作，在这些著作里，故乡的影子就像生命少不了的灵魂。慈溪地方多河流，水上人家很多，《江湖行》几段描写船上生活的文学，其中的体验就得自他对故乡的印象。正如沈从文把自己的人性乐园建立在湘西山区一样，徐訏也把美好的人性赋予了江南水乡的纯朴村民。……《鸟语》中芸芊与自然的亲近，也表达了一种对自然人性的歌颂。

吴义勤：《漂泊的都市之魂——徐訏论》

王 蒙

组织部新来的青年人

　　王蒙，祖籍河北南皮，1934 年出生于北京。1949 年起担任中共青年团干部，工作之余写作了长篇处女作《青春万岁》，后因反右运动在二十多年后始得发表。1956 年因发表揭露共产党内部工作中的官僚主义的小说《组织部新来的青年人》而引起争鸣。1957 年被划为右派。1979 年获平反后，发表大量作品，尤其是中短篇小说，以其广阔的思想内容和新颖的艺术形式，轰动文坛内外。

　　他较早采用意识流作为小说结构的轨迹，突破时空限制，着重心理描写，再加上奇谲幽默的语言，构成了独树一帜的艺术风格。至《在伊犁》系列小说，又以对边陲乡俗民风的特定情境生活的质朴记录，追求非小说的纪实感。新时期以来的主要作品有：小说集《深的湖》《木箱深处的紫绸花服》《王蒙中篇小说集》《加拿大的月亮》，长篇小说《活动变人形》《恋爱的季节》等，另外还有散文、随笔及文学评论集多种。有《王蒙选集》四卷。

一

三月，天空中纷洒着似雨似雪的东西。三轮车在区委会门口停住，一个年轻人跳下来。车夫看了看门口挂着的大牌子，客气地对乘客说："您到这儿来，我不收钱。"传达室的工人、复员荣军老吕微跛着脚走出，问明了那年轻人的来历后，连忙帮他搬下微湿的行李，又去把组织部的秘书赵慧文叫出来。赵慧文紧握着林震的两只手，说："我们等你好久了。"林震在小学教师支部的时候，就与赵慧文认识。她的苍白而美丽的脸上，两只大眼睛闪着友善亲切的光亮，只是下眼皮上有着因疲倦而现出来的青色。她带林震到男宿舍，把行李放好，解开，把湿了的毡子晾上，再铺被褥。在她料理这些事情的时候，常常撩一撩自己的头发，正像那些能干而漂亮的女同志们一样。

她说："我们等了你好久！半年前就要调你来，区人民委员会文教科死也不同意，后来区委书记直接找区长要人，又和教育局人事室吵了一回，这才把你调了来。"

"可我前天才知道，"林震说，"听说调我到区委会，真不知怎么好。咱们区委会净干什么呀？"

"什么都干。"

"组织部呢？"

"组织部就做组织工作。"

"工作忙不忙？"

"有时候忙，有时候不忙。"

赵慧文端详着林震的床铺，摇摇头，大姐姐似的不以为然地说："小伙子，真不讲卫生！瞧那枕头布，已经由白变黑；被头呢，吸饱了你脖子上的油；还有床单，那么多折子，简直成了泡泡纱……"

林震觉得，他一走进区委会的门，他的新的生活刚一开始，就碰到了一个很亲切的人。

他带着一种节日的兴奋心情跑着到组织部第一副部长的办公室去报到。副部长有一个古怪的名字：刘世吾。在林震心跳着敲门的时候，他正仰着脸衔着烟考虑组织部的工作规划。他热情而得体地接待林震，让林震坐在沙发上，自己坐在办公桌边，推一推玻璃板上叠得高高的文件，从容地问：

"怎么样？"他的左眼微皱，右手弹着烟灰。

"支部书记通知我后天搬来，我在学校已经没事，今天就来了。叫我到组织部工作，我怕干不了，我是个新党员，过去做小学教师，小学教师的工作与党的组织工作有些不同……"

林震说着他早已准备好的话，说得很不自然，正像小学生第一次见老师一样。于是他感到这间屋子很热。三月中旬，冬天就要过去，屋里还生着火，玻璃上的霜花溶解成一条条的污道子。他的额头沁出了汗珠，他想掏出手绢擦擦，在衣袋里摸索了半天没有找到。

刘世吾机械地点着头，看也不看地从那一大叠文件中抽出一个牛皮纸袋，打开纸袋，拿出林震的党员登记表，锐利的眼光迅速掠过，宽阔的前额上出现了密密的皱纹，闭了一下眼，手扶着椅子背站起来，披着的棉袄从肩头滑落了，然后用熟练的毫不费力的声调说：

"好，对，好极了，组织部正缺干部，你来得好。不，我们的工作并不难做，学习学习就会做的，就那么回事。而且你原来在下边工作的……相当不错嘛，是不是不错？"

林震觉得这种称赞似乎有某种嘲笑意味，他惶恐地摇头："我工作做得并不好……"

刘世吾的不太整洁的脸上现出隐约的笑容，他的眼光聪敏地闪动着，继续说："当然也可能有困难，可能。这是个了不起的工作。中央的一位同志说过，组织工作是给党管家的，如果家管不好，党就没有力量。"然后他不等问就加以解释，"管什么家呢？发展党和巩固党，壮大党的组织和增强党组织的战斗力，把党的生活建立在集体领导、批评和自我批评、与密切联系群众的基础上。这样做好了，党组织就是坚强的，活泼的，有战斗力的，就足以团结和指引群众，完成和更好地完成社会主义建设与社会主义改造的各项任务……"

他每说一句话，都干咳一下，但说到那些惯用语的时候，快得像说一个字。譬如他说："把党的生活建立在……上，"听起来就像："把生活建在登登登上，"他纯熟地驾驭那些林震觉得是相当深奥的概念，像拨弄算盘子一样的灵活。林震集中最大的注意力，仍然不能把他讲的话全部把握住。

接着，刘世吾给他分配了工作。

当林震推门要走的时候，刘世吾又叫住他，用另一种全然不同的随意神情问：

"怎么样，小林，有对象了没有？"

"没……"林震的脸刷地红了。

"大小伙子还红脸?"刘世吾大笑了，"才二十二岁，不忙。"他又问："口袋里装着什么书?"

林震拿出书，说出书名:《拖拉机站站长和总农艺师》。

刘世吾拿过书去，从中间打开看了几行，问："这是他们团中央推荐给你们青年看的吧?"

林震点头。

"借我看看。"

"您有时间看小说吗?"林震看着副部长桌上的大叠材料，惊异了。

刘世吾用手托了托书，试了试分量，微皱着左眼说："怎么样?这么一薄本有半个夜车就开完啦。四本《静静的顿河》我只看了一个星期，就那么回事。"

当林震走向组织部大办公室的时候，天已经放晴，残留的几片云现出了亮晶晶的边缘。太阳照亮了区委会的大院子。人们都在忙碌:一个穿军服的同志挟着皮包匆匆走过，传达室的老吕提着两个大铁壶给会议室送茶水，可以听见一个女同志顽强地对着电话机子说:"不行，最迟明天早上! 不行……"还可以听见忽快忽慢的"喔嗉、喔嗉"声——是一只生疏的手使用着打字机，"她也和我一样，是新调来的吧?"林震不知凭什么理由，猜打字员一定是个女的。他在走廊上站了一站，望着耀眼的区委会的院子，高兴自己新生活的开始。

二

组织部的干部算上林震一共二十四个人，其中三个人临时调到肃反办公室去了，一个人半日工作准备考大学，一个人请产假。能按时工作的只剩下十九个人。四个人做干部工作，十五个人按工厂、机关、学校分工管理建党工作，林震被分配与工厂支部联系组织发展党的工作。

组织部部长由区委副书记李宗秦兼任，他并不常过问组织部的事，实际工作是由第一副部长刘世吾掌握。另一个副部长负责干部工作。具体指导林震工作的是工厂建党组组长韩常新。

韩常新的风度与刘世吾迥然不同。他二十七岁，穿蓝色海军呢制服，干净得抖都抖不下土。他有高大的身材，配着英武的只因为粉刺太多而略有瑕疵的脸。他拍着林震的肩膀，用嘹亮的嗓音讲解工作，不时发出豪放的笑声，使林震想："他比领导干部还像领导干部。"特别是第二天韩常新与一个支部的组织委员的谈话，加强了他给林震的这种印象。

"为什么你们只谈了半小时？我在电话里告诉你，至少要用两小时讨论'发展计划'！"

那个组织委员说："这个月生产任务太忙……"

韩常新打断了他的话，富有教训意味地说："生产任务忙就不认真研究发展工作了？这是把中心工作与经常工作对立起来，也是党不管党的一种表现……"

林震弄不明白什么叫"中心工作与经常工作对立起来"和"党不管党"，他熟悉的是另外一类名词："课堂五环节"与"直观教具"。他很钦佩韩常新的这种气魄与能力——迅速地提高到原则上分析问题和指示别人。

他转过头，看见正伏在桌上复写材料的赵慧文，她皱着眉怀疑地看一看韩常新，然后扶正头上的假琥珀发卡，用微带忧郁的目光看向窗外。

晚上，有的干部去参加街道上基层组织生活，有的休息了，赵慧文仍然赶着复写"税务分局培养、提拔干部的经验"，累了一天，手腕酸痛，不时在写的中间搁下笔，摇摇手，往手上吹口气。林震自告奋勇来帮忙，她拒绝了，说："你抄，我不放心。"于是林震帮她把抄过的美浓纸叠整齐，站在她身旁，起一点精神支援作用。她一边抄，一边时时抬头看林震，林震问："干吗老看我？"赵慧文咬了一下复写笔，调皮地笑了笑。

三

林震是一九五三年秋天由师范学校毕业的，当时是候补党员；被分配到这个区的中心小学当教员。做了教师的他，仍然保持中学生的生活习惯：清晨练哑铃，夜晚记日记，每个大节日——五一、七一……以前到处征求人们对他的意见。曾经有人预言，过不了三个月他就会被那些生活不规律的成年人"同化"。但，不久以后，许多教师夸奖他也羡慕他了，说："这孩子无忧无虑，无牵无挂，除了工作，就是工作……"

他也没有辜负这种羡慕，一九五四年寒假，由于教学上的成绩，他受到了教育局的奖励。

人们也许以为，这位年轻的教师就会这样平稳地、满足而快乐地度过自己的青年时代。但是不，孩子般单纯的林震，也有自己的心事。

一年以后，他更经常焦灼地鞭策自己。是因为社会主义高潮的推动，全国青年社会主义积极分子会议的召开，还是因为年龄的增长？

他已经二十二岁了，记得在初中一年级时作过一篇文，题目是"当我××岁的时候"，他写成"当我二十二岁的时候，我要……"，现在二十二岁，他的生命史上好像还是白纸，没有功勋，没有创造，没有冒险，也没有爱情——连给某个姑娘写一封信的事都没有做过。他努力工作，但是他做得少、慢，和青年积极分子们比较，和生活的飞奔比较，难道能安慰自己吗？他定规划，学这学那，做这做那，他要一日千里！

这时，接到调动工作的通知，"当我二十二岁的时候，我成了党的工作者……"，也许真正的生活在这里开始了？他抑制住对小学教育工作和孩子们的依恋，燃烧起对新的工作的渴望。支部书记和他谈话的那个晚上，他想了一夜。

就这样，林震口袋里装着《拖拉机站站长与总农艺师》，兴高采烈地登上区委会的石阶，对于党的工作者（他是根据电影里全能的党委书记的形象来猜测他们的）的生活，充满了神圣的憧憬。但是，等他接触到那些忙碌而自信的领导同志，看到来往的文件和同时举行的会议，听到那些尖锐争吵与高深的分析，他眨眨那有些特别的淡褐色眼珠的眼睛，心里有点怯……

到区委会的第四天，林震去通华麻袋厂了解第一季度发展党员工作的情况，去以前，他看了有关的文件和名叫《怎样进行调查研究》的小册子，再三地请教了韩常新，他密密麻麻地写了一篇提纲，然后飞快地骑着新领到的自行车，向麻袋厂驶去。

工厂门口的警卫同志听说他是委员会的干部，没要他签名，信任地请他进去了。穿过一个大空场，走过一片放麻的露天仓库与机器隆隆响的厂房，他心神不安地去敲厂长兼支部书记王清泉办公室的门，得到了里面"进来"的回答后，他慢慢地走进去，怕走快了显得没有经验，他看见一个阔脸、粗脖子、身材矮小的男人正与一个头发上抹了许多油的驼背的男人下棋。小个子的同志抬起头，右手玩着棋子，问清了林震找谁以后，不耐烦地挥一挥手："你去西跨院党支部办公室找魏鹤鸣，他是组织委员。"然后低下头继续下棋。

林震找着了红脸的魏鹤鸣，开始按提纲发问了："一九五六年第一季度，你们发展了几个人？"

"一个半。"魏鹤鸣粗声粗气地说。

"什么叫'半'？"

"有一个通过了，区委拖了两个多月还没有批下来。"

林震掏出笔记本记了下来。又问：

"发展工作是怎么样进行的，有什么经验？"

"进行过程和向来一样——和党章的规定一样。"

林震看了看对方，为什么他说出的话像搁了一个星期的窝窝头一样干巴？魏鹤鸣托着腮，眼睛看着别处，心里也像在想别的事。

林震又问："发展工作的成绩怎么样？"

魏鹤鸣答："刚才说过了，就是那些。"他好像应付似的希望快点谈完。

林震不知道应该再问什么了，预备了一下午的提纲，和人家只谈上五分钟就用完了。他很窘。

这时门被一只有力的手推开了。那个小个子的同志进来，匆匆忙忙地问魏鹤鸣："来信的事你知道吗？"

魏鹤鸣无精打采地点了点头。

小个子的同志来回踱着步子，然后劈开腿站在房中央："你们要想办法！质量问题去年就提出来了，为什么还等着合同单位给纺织工业部写信？在社会主义高潮当中我们的生产迟迟不能提高，这是耻辱！"

魏鹤鸣冷冷地看着小个子的脸，用颤抖的声音问："您说谁？"

"我说你们大家！"小个子手一挥，把林震也包括在里面了。

魏鹤鸣因为抑制着的愤怒的爆发而显得可怕，他的红脸更红了，他站起来问："那么您呢？您不负责任？"

"我当然负责。"小个子的同志却平静了，"对于上级，我负责，他们怎么处分我我也接受。对于我，你得负责，谁让你做生产科长呢？你得小心……"说完，他威胁地看了魏鹤鸣一眼，走了。

魏鹤鸣坐下，把棉袄的扣子全解开了，喘着气。林震问："他是谁？"魏鹤鸣讽刺地说："你不认识？他就是厂长王清泉。"

于是魏鹤鸣向林震详细地谈起了王清泉的情况。王清泉原来在中央某部工作，因为在男女关系上犯错误受了处分，一九五一年调到这个厂子做副厂长，一九五三年厂长他调，他就被提拔做厂长。

他一向是吃饱了转一转，躲在办公室批批文件下下棋，然后每月在工会大会、党支部大会、团总支大会上讲话批评工人群众竞赛没搞好，对质量不关心，有经济主义思想……魏鹤鸣没说完，王清泉又推门进来了。他看着左腕上的表，下令说："今天中午十二点十分，你通知党、团、工会和行政各科室的负责人到厂长室开会。"然后把门乓地一带，走了。

魏鹤鸣嘟哝着："你看他怎么样？"

林震说："你别光发牢骚，你批评他，也可以向上级反映，上级绝不允许有这样的厂长。"

魏鹤鸣笑了，问林震："老林同志，你是新来的吧？"

"老林"同志脸红了。

魏鹤鸣说："批评不动！他根本不参加党的会议，你上哪儿批评去？偶然参加一次，你提意见，他说：'提意见是好的，不过应该掌握分寸，也应该看时间、场合。现在，我们不应该因为个人意见侵占党支部讨论国家任务的宝贵时间。'好，不占用宝贵时间，我找他个别提，于是我俩吵成了现在这个样子。"

"向上级反映呢？"

"一九五四年我给纺织工业部和区委写了信，部里一位张同志与你们那儿的老韩同志下来检查了一回。检查结果是：'官僚主义较严重，但主要是作风问题，任务基本上完成了，只是完成任务的方法有缺点。'然后找王清泉'批评'了一下，又找我鼓励了一下开展自下而上的批评精神，就完事了。此后，王厂长有一个来月对工作比较认真，不久他得了肾病，病好以后他说自己是'因劳致疾'，就又成了这个样了。"

"你再反映呀！"

"哼，后来与韩常新也不知说过多少次，老韩也不搭理，反倒向我进行教育说，应该尊重领导，加强团结。也许我不该这样想，但我觉得也许要等到王厂长贪污了人民币或者强奸了妇女，上级才会重视起来！"

林震出了厂子再骑上自行车的时候，车轮旋转的速度就慢多了。他深深地把眉头皱起来。他发现他的工作的第一步就有重重的困难，但他也受到一种刺激甚至是激励——这正是发挥战斗精神的时候啊！他想着想着，直到因为车子溜进了急行线而受到交通民警的申斥。

四

吃完午饭，林震迫不及待地找韩常新汇报情况。韩常新有些疲倦地靠着沙发背，高大的身体显得笨重，从身上掏出火柴匣，拿起一根火柴剔牙。

林震杂乱地叙述他去麻袋厂的见闻，韩常新脚尖打着地不住地说："是的，我知道。"然后他拍一拍林震的肩膀，愉快地说："情况没了解上来不要紧，第一次下去嘛。下次就好了。"

林震说："可是我了解了关于王清泉的情况。"他把笔记本打开。

韩常新把他的笔记本合上，告诉他："对，这个情况我早知道。前年区委让我处理过这个事情，我严厉地批评过他，指出他的缺点和危险性，我们谈了至少有三四个钟头……"

"可是并没有效果呀，魏鹤鸣说他只好一个月……"林震插嘴说。

"一个月也是效果，而且绝不止一个月。魏鹤鸣那个人思想上有问题，见人就告厂长的状……"

"他告的状是不是真的？"

"很难说不真，也很难说全真。当然这个问题是应该解决的，我和区委副书记李宗秦同志谈过。"

"副书记的意见是什么？"

"副书记同意我的意见，王清泉的问题是应该解决也是可能解决的……不过，你不要一下子就陷到这里边去。"

"我？"

"是的。你第一次去一个工厂，全面情况也不了解，你的任务又不是去解决王清泉的问题，而且，直爽地说，解决他的问题也需要更有经验的干部；何况我们并不是没有管过这件事……你要是一下子陷到这个里头，三个月也出不来，第一季度的建党总结还了解不了解？上级正催我们交汇报呢！"

林震说不出话。

韩常新又拍拍林震的肩膀，"不要急躁嘛，咱们区三千个党员，百十几个支部，你一来就什么问题都摸还行？"他打了个哈欠，有倦意的脸上的粉刺涨红了，"啊——哈，该睡午觉了。"

"那，发展工作怎么再去了解？"林震没有办法地问。

韩常新又去拍林震的肩膀，林震不由得躲开了。韩常新有把握地说："明天咱俩一齐去，我帮你去了解，好不好？"然后他拉着林震一同到宿舍去。

第二天，林震很有兴趣地观察韩常新如何了解情况。三年前，林震在北京师范上学的时候，出去做过见习教师，老教师在前面讲，林震和学生一起听，学了不少东西。这次，他也抱着见习的态度，打开笔记本，准备把韩常新的工作过程详细记录下来。

韩常新问魏鹤鸣："发展了几个党员？"

"一个半。"

"不是一个半，是两个，我是检查你们的发展情况，不是检查区委批没批。"韩常新纠正他，又问，"这两个人本季度生产计划完成得怎么样？"

"很好，他们一个超额百分之七，一个超额百分之四，厂里黑板报还表扬……"

谈起生产情况，魏鹤鸣似乎起劲了些，但是韩常新打断了他的话："他们有些什么缺点？"

魏鹤鸣想了半天，空空洞洞地说了些缺点。

韩常新叫他给所举的缺点提一些例子。

提完例子，韩常新再问他党的积极分子完成本季度生产任务的情况，他特别感兴趣的是一些数字和具体事例，至于这些先进的工人克服困难、钻研创造的过程，他听都不要听。

回来以后，韩常新用流利的行书示范地写了一个"麻袋厂发展工作简况"，内容是这样的：

"……本季度（一九五六年一月——三月）麻袋厂支部基本上贯彻了积极慎重发展新党员的方针，在建党工作上取得了一定的成绩，新通过的党员朱××与范××受到了共产党员的光荣称号的鼓舞，增强了主人翁的观念，在第一季度繁重的生产任务中各超额百分之七、百分之四。广大积极分子，围绕在支部周围，受到了朱××与范××模范事例的教育，并为争取入党的决心所推动，发挥了劳动的积极性与创造性，良好地完成或者超额完成了第一季度的生产任务……（下面是一系列数字与具体事例）这说明：一、建党工作不仅与生产工作不会发生矛盾，而且大大推动了生产，任何借口生产忙而忽视建党工作的做法是错误的。二、……但同时必须指出，麻袋厂支部的建党工作，也仍然存在着一定的缺点……例如……"

林震把写着"简况"的片页纸捧在手里看了又看，他有一刹那甚至于怀疑自己去没去过麻袋厂，还是上次与韩常新同去时自己睡着了，为什么许多情况他根本不记得呢？他迷惑地问韩常新：

"这，这是根据什么写的？"

"根据那天魏鹤鸣的汇报呀。"

"他们在生产上取得的成绩是因为建党工作么？"林震口吃起来。

韩常新抖一抖裤角，说："当然。"

"不对吧？上次魏鹤鸣并没有这样讲。他们的生产提高了，也可能是由于开展竞赛，也许由于青年团建立了监督岗，未必是建党工作的成绩……"

"当然，我不否认。各种因素是统一起来的，不能形而上学地割裂地分析这是甲项工作的成绩，那是乙项工作的成绩。"

"那，譬如我们写第一季度的捕鼠工作总结，是不是也可以用这些数字和事例呢？"

韩常新沉着地笑了，他笑林震不懂"行"，他说："那可以灵活掌握……"

林震又抓住几个小问题问：

"你怎么知道他们的生产任务是繁重的呢？"

"难道现在会有一个工厂任务很轻闲吗?"

林震目瞪口呆了。

五

区委会的工作是紧张而严肃的,在区委书记办公室,连日开会到深夜。从汉语拼音到预防大脑炎,从劳动保护到政治经济学讲座,无一不经过区委会的讨论。林震有一次去收发室取报纸,看见一份厚厚的材料:第一页上写着"区人民委员会党组关于调整公私合营工商业的分布、管理、经营方法及贯彻市委关于公私合营工商业工人工资问题的报告的请示"。他怀着敬畏的心情看着这份厚得像一本书的材料和它的长题目。有时,又觉得区委干部们的精神状态是随意而松懈的,他们在办公时间聊天,看报纸,大胆地拿林震认为最严肃的题目开玩笑,例如,青年监督岗开展工作,韩常新半嘲笑地说:"吓,小青年们脑门子热起来啦……"林震参加的组织部一次部务会议也很有意思,讨论市委布置的一个临时任务,大家抽着烟,说着笑话,打着岔,开了两个钟头,拖拖沓沓,没有什么结果。这时,皱着眉思索了好久的刘世吾提出了一个方案,马上热烈地展开了讨论,很多人发表了使林震惊佩的精彩意见。林震觉得,这最后的三十多分钟的讨论要比以前的两个钟头有效十倍。某些时候,譬如说夜里,各屋亮着灯:第一会议室,出席座谈会的胖胖的工商业者愉快地与统战部长交换意见;第二会议室,各单位的学习辅导员们为"价值"与"价格"的关系争得面红耳赤;组织部坐着等待入

111

党谈话的激动的年轻人，而市委的某个严厉的书记出其不意地出现在书记办公室，找区委正副书记汇报贯彻工资改革的情况……这时，人声嘈杂，人影交错，电话铃声断断续续，林震仿佛从中听到了本区生活的脉搏的跳动，而区委会这座不新的、平凡的院落，也变得辉煌壮观起来。

在一切印象中，最突出和新鲜的印象是关于刘世吾的：刘世吾工作极多，常常同一个时间好几个电话催他去开会，但他还是一会儿就看完了《拖拉机站站长与总农艺师》，把书转借给了韩常新；而且，他已经把前一个月公布的拼音文字草案学会了，开始在开会时用拼音文字做记录了。某些传阅文件刘世吾拿过来看看题目和结尾就签上名送走，也有的不到三千字的指示他看上一下午，密密麻麻地画上各种符号。刘世吾有时一面听韩常新汇报情况，一面漫不经心地查阅其他的材料，听着听着却突然指出："上次你汇报的情况不是这样！"韩常新不自然地笑着，刘世吾的眼睛捉摸不定地闪着光；但刘世吾并不深入追究，仍然查他的材料，于是韩常新恢复了常态，有声有色地汇报下去。

赵慧文与韩常新的关系也被林震看出了一些疑窦：韩常新对一切人都是拍着肩膀，称呼着"老王""小李"，亲热而随便。独独对赵慧文，却是一种礼貌的"公事公办"的态度。这样说话："赵慧文同志，党刊第一○四期放在哪里？"而赵慧文也用警戒的神情对待他。

奇怪得很，林震说不清他的这个新环境是好是坏。他还是像在小学时一样，每天照样很早就起来玩哑铃，还是照常地给人以"单纯"的甚至"天真"的印象。但是，他的内心活动却比在小学的时候多得多。他必须学会判断一切事情和一切人。

……四月，东风悄悄地刮起，不再被人喜爱的火炉蜷缩在阴暗的贮藏室，只有各房间熏黑了的屋顶还存留着严冬的痕迹。往年，这个时候，林震就会带着活泼的孩子们去卧佛寺或者西山八大处踏青，在早开的桃李与浑浊的溪水中寻找春天的消息……区委会的生活却丝毫不受季节的影响，继续以那种紧张的节奏和复杂的色彩流转着。当林震从院里的垂柳上摘下一颗多汁的嫩芽时，他稍微有点怅惘，因为春天来得那么快，而他，却没做出什么有意义的事情来迎接这个美妙的季节……

晚上九点钟，林震走进了刘世吾办公室的门。赵慧文正在这里，她穿着紫黑色的毛衣，脸儿在灯光下显得越发苍白。听到有人进来，她迅速地转过头来，林震仍然看见了她略略突出的颧骨上的泪迹。他回身要走，低着头吸烟的刘世吾做手势止住他："坐在这儿吧，我们就谈完了。"

林震坐在一角，远远地隔着灯光看报，刘世吾用烟卷在空中划着圆圈，诚恳地说：

"相信我的话吧，没错。年轻人都这样，最初互相美化，慢慢发现了缺点，就觉得都很平凡。不要作不切实际的要求，没有遗弃，没有虐待，没有发现他政治上、品质上的问题，怎么能说生活不下去呢？才四年嘛。你的许多想法是从苏联电影里学来的，实际上，就那么回事……"

赵慧文没说话，她撩一撩头发，临走的时候，对林震惨然地一笑。

刘世吾走到林震旁边，问："怎么样？"他丢下烟蒂，又掏出一支来点上火，紧接着贪婪地吸了几口，缓缓地吐着白烟，告诉林震，

"赵慧文跟她爱人又闹翻了……"接着，他开开窗户，一阵风吹掉了办公桌上的几张纸，传来了前院里散会以后人们的笑声、招呼声和自行车铃响。

刘世吾把支抽了几口的烟扔出去，伸了个懒腰，扶着窗户，低声说："真的是春天了呢！"

"我想谈谈来区委工作的情况，我有一些问题不知道怎么解决。"林震用一种坚决的神气说，同时把落在地上的纸页拾起来。

"对，很好。"刘世吾仍然靠着窗户框子。

林震从去麻袋厂说起："……我走到厂长室，正看见王清泉同志……"

"下棋呢还是打扑克？"刘世吾微笑着问。

"您怎么知道？"林震惊骇了。

"他老兄什么时候干什么我都算得出来，"刘世吾慢慢地说，"这个老兄棋瘾很大，有一次在咱这儿开了半截会，他出去上厕所，半天不回来，我出去一找，原来他看见老吕和区委书记的儿子下棋，他在旁边'支'上'招儿'了。"

林震不顾对方老是不在意地打断他的话，坚持着把自己所知道的情况说了一遍。

刘世吾关上窗户，拉一把椅子坐下，用两个手扶着膝头支持着身体，轻轻地摆动着头：

"魏鹤鸣是个直性子，他一来就和王清泉吵得面红耳赤……你知道，王清泉也是个特殊人物，不太简单。抗日胜利以后，王清泉被派到国民党军队里工作，他做过国民党军的副团长，是个刮刮叫的情报人员。一九四七年以后他与我们的联系中断，直到解放以后才接上线。他是去瓦解敌人的，但是他自己也染上国民党军官的一些习气，改不过来，其实是个英勇的老同志。"

"这样……"

"是啊。"刘世吾严肃地点点头，接着说，"当然，这不能为他辩护，党是派他去战胜敌人而不是与敌人同流合污，所以他的错误是不可原谅的。"

"怎么去解决呢？魏鹤鸣说，这个问题已经拖了好久。他到处写过信……"

"是啊。"刘世吾又干咳了一会，做着手势说，"现在下边支部里各类问题很多，你如果一一地用手工业的方法去解决，那是事倍功半的。而且，上级布置的任务追着屁股，完成这些任务已经感到很吃力。作为领导，必须掌握一种把个别问题与一般问题结合起来，把上级分配的任务与基层存在的问题结合起来的艺术。再者，王清泉工作不努力是事实，但还没有发展到消极怠工的地步；作风有些生硬，也不是什么违法乱纪；显然，这不是组织处理问题而是经常教育的问题。从各方面看，解决这个问题的时机目前还不成熟。"

林震沉默着，他判断不清究竟哪样对；是娜斯嘉的"对坏事决不容忍"对呢，还是刘世吾的"条件成熟论"对。他一想起王清泉那样的厂长就觉得难受，但是，他驳不倒刘世吾的"领导艺术"。刘世吾又告诉他："其实，有类似毛病的干部也不止一个……"这更加使得林震睁大了眼睛，觉得这跟他在小学时所听的党课的内容不是一个味儿。

后来，林震又把看到的韩常新如何了解情况与写简报的事说了说，他说，他觉得这样整理简报不太真实。

刘世吾大笑起来，说："老韩……这家伙……真高明……"笑完了，又长出一口气，告诉林震，"对，我把你的意见告诉他。"

林震犹豫着，刘世吾问："还有别的意见么？"

于是林震勇敢地提出："我不知道为什么，来了区委会以后发现了许多许多缺点，过去我想象的党的领导机关不是这样……"

刘世吾把茶杯一放："当然，想象总是好的，实际呢，就那么回事。问题不在有没有缺点，而在什么是主导的。我们区委的工作，包括组织部的工作，成绩是基本的呢还是缺点是基本的？显然成绩是基本的，缺点是前进中的缺点。我们伟大的事业，正是由这些有缺点的组织和党员完成着的。"

走出办公室以后，林震有一种奇怪的感觉：和刘世吾谈话似乎可以消食化气，而他自己的那些肯定的判断，明确的意见，却变得模糊不清了。他更加惶惑了。

六

不久，在党小组会上，林震受到了一次严厉的批评。

事情是这样：有一次，林震去麻袋厂，魏鹤鸣说，由于季度生产质量指标没有达到，王厂长狠狠地训了一回工人，工人意见很大，魏鹤鸣打算找些人开个座谈会，收集意见，准备向上反映。林震很同意这种做法，以为这样也许能促进"条件的成熟"。过了三天，王清泉气急败坏地到区委会找副书记李宗秦，说魏鹤鸣在林震支持下搞小集团进行反领导的活动，还说参加魏鹤鸣主持的座谈会的工人都有历史问题……最后说自己请求辞职。李宗秦批评了他的一些缺点，同意制止魏鹤鸣再开座谈会，"至于林震，"他对王清泉说，"我们会给以应有的教育的。"

批评会上，韩常新分析道："林震同志没有和领导上商量，擅自同意魏鹤鸣召集座谈会，这首先是一种无组织无纪律行为……"

林震不服气，他说："没有请示领导，是我的错。但是我不明白为什么我们不但不去主动了解群众的意见，反而制止基层这样做！"

"谁说我们不了解？"韩常新跷起一条腿，"我们对麻袋厂的情况统统掌握……"

"掌握了而不去解决，这正是最痛心的！党章上规定着，我们党员应该向一切违反党的利益的现象做斗争……"林震的脸变青了。

富有经验的刘世吾开始发言了，他向来就专门能在一定的关头起扭转局面的作用。

"林震同志的工作热情不错，但是他刚来一个月就给组织部的干部讲党章，未免仓促了些。林震以为自己是支持自下而上的批评，是做一件漂亮事，他的动机当然是好的喽；不过，自下而上的批评必须有领导地去开展，譬如这回事，请林震同志想一想：第一，魏鹤鸣是不是对王清泉有个人成见呢？很难说没有。那么魏鹤鸣那样积极地去召集座谈会，可不可能有什么个人目的呢？我看不一定完全不可能。第二，参加会的人是不是有一些历史复杂别有用心的分子呢？这也应该考虑到。第三，开这样一个会，会不会在群众里造成一种王清泉快要挨整了的印象因而天下大乱了呢？等等。至于林震同志的思想情况，我愿意直爽地提出一个推测：年轻人容易把生活理想化，他以为生活应该怎样，便要求生活怎样，作一个党的工作者，要多考虑的却是客观现实，是生活可能怎样。年轻人也容易过高估计自己，抱负甚多，一到新的工作岗位就想对缺点斗争一番，充当个娜斯嘉式的英雄。这是一种可贵的、可爱的想法，也是一种虚妄……"

林震像被打中了一拳似的颤了一下，他紧咬住下嘴唇忍住了心里的气愤和痛苦。

他鼓起勇气再问："那么王清泉……"刘世吾把头一扬："我明天找他谈话，有原则性的并不仅是你一个人。"

七

星期六晚上，韩常新举行婚礼。林震走进礼堂，他不喜欢那弥漫的呛人的烟气，还有地上杂乱的糖果皮与空中杂乱的哄笑；没等婚礼开始他就退了出来。

组织部的办公室黑着，他拉开灯，看见自己桌上的信，是小学的同事们写来的，其中还夹着孩子们用小手签了名的信。

"林老师：您身体好吗？我们特别特别想您，女同学都哭了，后来就不哭了，后来我们作算术，题目特别特别难，我们费了半天劲，中于算出来了……"

看着信，林震不禁独自笑起来了，他拿起笔把"中于"改成"终于"，准备在回信时告诉他们下次要避免别字。他仿佛看见了系蝴蝶结的李琳琳，爱画水彩画的刘小毛和常常把铅笔头含在嘴里的孟飞……他猛把头从信纸上抬起来，所看见的却是电话、吸墨纸和玻璃板。他所熟悉的孩子的世界已经离他而去了，现在是到了一个有些陌生的环境里来了……他想起前天党小组会上人们对他的批评。难道自己真的错了？真的是莽撞和幼稚，再加几分年轻人的廉价的勇气？也许真的应该切实估量一下自己，把分内的事做好，过两年，等到自己"成熟"了以后再干预一切吧？

礼堂里传来爆发的掌声和笑声。

一只柔软的手落在肩上，他吃惊地回过头来，灯光显得刺眼，赵慧文没有声响地站在他的身边，女同志走路都有这种不声不响的本事。

赵慧文问："怎么不去玩？"

"我懒得去。你呢？"

"我该回家了。"赵慧文说，"到我家坐坐好吗？省得一个人在这儿想心事。"

"我没有心事。"林震分辩着，但他接受了赵慧文的好意。

赵慧文住在离区委会不远的一个小院落里。

孩子睡在浅蓝色的小床里，幸福地含着指头。赵慧文吻了儿子，拉林震到自己房间里来。

"他父亲不回来吗？"林震小心地问。

赵慧文摇摇头。

这间卧室好像是布置得很仓促，墙壁因为空无一物而显得过分洁白，盆架孤单地缩在一角，窗台上的花瓶傻气地张着口；只有床头小桌上的收音机，好像还能扰乱这卧室的安静。

林震坐在藤椅上，赵慧文靠墙站着。林震指着花瓶说："应该插枝花。"又指着墙壁说："为什么不买几张画挂上？"

赵慧文说："经常也不在，就没有管它。"然后她指着收音机问："听不听？星期六晚上，总有好的音乐。"

收音机响了，一种梦幻的柔美的旋律从远处飘来，慢慢变得热情激荡。提琴奏出的诗一样的主题立即揪住了林震的心。他托着腮，屏住了气。他的青春，他的追求，他的碰壁，似乎都能与这乐曲相通。

赵慧文背着手靠在墙上，不顾衣服蹭上了石灰粉，等这段乐曲过去，她用和音乐一样的声音说："这是柴可夫斯基的意大利随想曲，让人想到南国，想到海，……我在文工团的时候常听它，慢慢觉得，这调子不是别人演奏出的，而是从我心里钻出来的……"

"在文工团？"

"参加军事干部学校以后被分配去的，在朝鲜，我用我的蹩脚的嗓子给战士唱过歌，我是个哑嗓子的歌手。"

林震像第一次见面似的又重新打量赵慧文。

"怎么？不像了吧？"这时电台改放"剧场实况"了，赵慧文把收音机关了。

"你是文工团的，为什么很少唱歌？"林震问。

她不回答，走到床边，坐下。她说："我们谈谈吧，小林，告诉我，你对咱们区委的印象怎么样？"

"不知道，我是说，还不明确。"

"你对韩常新和刘世吾有点意见吧，是不？"

"也许。"

"当初我也这样，从部队转业到这里，和部队的严格准确比较，许多东西我看不惯。我给他们提了好多意见，和韩常新激动地吵过一回，但是他们笑我幼稚，笑我工作没做好意见倒一大堆，慢慢地我发现，和区委的这些缺点做斗争是我力不胜任的……"

"为什么力不胜任？"林震像刺痛了似的跳起来，他的眉毛拧在一起了。

"这是我的错，"赵慧文抓起一个枕头，放在腿上，"那时我觉得自己水平太低，自己也很不完美，却想纠正那些水平比自己高得多的同志，实在不量力。而且，刘世吾、韩常新还有别人，他们确实把有些工作做得很好。他们的缺点散布在咱们工作的成绩里边，就像灰尘散布在美好的空气中，你嗅得出来，但抓不住，这正是难办的地方。"

"对！"林震把右拳头打在左手掌上。

赵慧文也有些激动了，她把枕头抛开，话说得更慢，她说："我做的是事务工作，领导同志也不大过问，加上个人生活上的许多牵扯，我沉默了，于是，上班抄抄写写，下班给孩子洗尿布，买奶粉。我觉得我老得很快，参加军干校时候那种热情和幻想，不知道哪里去了。"她沉默着，一个一个地捏着自己那白白的好看的手指，接着说，"两个月以前，北京市进入社会主义高潮，工人、店员还有资本家，放着鞭炮，打着锣鼓到区委会报喜，工人、店员把入党申请书直接送到组织部，大街上一天一变，整个区委会彻夜通明，吃饭的时候，宣传、财经部的同志滔滔不绝地讲着社会主义高潮中的各种气象；可我们组织部呢？工作改进很少！打电话催催发展数字，按前年的格式添几条新例子写写总结……最近，大家检查保守思想，组织部也检查，拖拖沓沓开了三次会，然后写个材料完事。……哎，我说乱了，社会主义高潮中，每一声鞭炮都刺着我，当我复写批准新党员通知的时候，我的手激动得发抖，可是我们的工作就这样依然故我地下去吗？"她喘了一口气，来回踱着，然后接着说："我在党小组会上谈自己的想法，韩常新满足地问：'难道我们发展数字的完成比例不是各区最高的？难道市委组织部没要我们写过经验？'然后他进行分析，说我情绪不够乐观，是因为不安心事务工作……"

"开始的时候，韩常新给人一个了不起的印象，但是实际一接触……"林震又说起那次写汇报的事。

赵慧文同意地点头："这一二年，虽然我没提什么意见，但我无时无刻不在观察。生活里的一切，有表面也有内容，作到金玉其外，并不是难事。譬如韩常新，充领导他会拉长了声音训人，写汇报他会强拉硬扯生动的例子，分析问题，他会用几个无所不包的概念；于是，俨然成了个少壮有为的干部，他飘浮在生活上边，悠然得意。"

"那么刘世吾呢？"林震问，"他决不像韩常新那样浅薄，但是他的那些独到的见解，精辟的分析，好像包含着一种可怕的冷漠，看到他容忍王清泉这样的厂长，我无法理解，而当我想向他表示什么意见的时候，他的议论却使人越绕越糊涂，除了跟着他走，似乎没有别的路……"

"刘世吾有一句口头语：就那么回事。他看透了一切，以为一切就那么回事。按他自己的说法，他知道什么是'是'，什么是'非'，还知道'是'一定战胜'非'，又知道'是'不是一下子战胜'非'，他什么都知道，什么都见过——党的工作给人的经验本来很多；于是他不再操心，不再爱也不再恨。他取笑缺陷，仅仅是取笑，欣赏成绩，仅仅是欣赏。他满有把握地应付一切，再也不需要虔诚地学习什么，除了拼音文字之类的具体知识。一旦他认为条件成熟需要干一气，他一把把事情抓在手里，教育这个，处理那个，俨然是一切人的上司。凭他的经验和智慧，他当然可以做好一些事，于是他更加自信。"赵慧文毫不容情地说着。这些话曾经在多少个不眠的夜晚萦绕在她的心头……

"我们的区委副书记兼部长呢？他不管么？"

赵慧文更加兴奋了，她说："李宗秦身体不好，他想去做理论研究工作，嫌区的工作过于具体。他做组织部长只是挂名，把一切事情推给刘世吾。这也是一种相当普遍的不正常的现象，有一批老党员，因为病、因为文化水平低，或者因为是首长爱人，他们挂着厂长、校长和书记的名，却由副厂长、教导主任、秘书或者某个干事做实际工作。"

"我们的正书记——周润祥同志呢？"

"周润祥同志工作太多，他忙着肃反、私营企业的改造……各种带有突击性的任务，我们组织部的工作呢，一般说永远成不了带突击性的中心任务，所以他管的也不多。"

"那……怎么办呢？"林震直到现在，才开始明白了事情的复杂性，一个缺点，仿佛粘在从上到下的一系列的缘故上。

"是啊。"赵慧文沉思地用手指弹着自己的腿，好像在弹一架钢琴，然后她向着远处笑了，她说，"谢谢你……"

"谢我？"林震以为自己听错了。

"是的，见到你，我好像又年轻了。你常常把眼睛盯在一个地方不动，老是在想，像个爱幻想的孩子。你又挺容易兴奋起来，动不动就红脸。可是，你又天不怕地不怕，敢于和一切坏现象做斗争，于是我有一种婆婆妈妈的预感：你……一场风波要起来了。"

林震又真的脸红了。他根本没想到这些，他正为自己的无能而十分羞耻。他嘟哝着说："但愿是真正的风波而不是瞎胡闹。"然后他问："你想了这么多，分析得这么清楚，为什么只是憋在心里呢？"

"我老觉得没有把握，"赵慧文把手放在自己的胸前，"我看了想，想了又看，我有时候想得一夜都睡不好，我问自己：'你的工作是事务性的，你能理解这些吗？'"

"你怎么会这样想？我觉得你刚才说得对极了！你应该把你刚才说的对区委书记谈，或者写成材料给《人民日报》……"

"瞧，你又来了。"赵慧文露出润湿的牙齿笑了。

"怎么叫又来了？"林震不高兴地站起来，使劲搔着头皮，"我也想过多少次，我觉得，人要在斗争中使自己变正确，而不能等到正确了才去做斗争！"

赵慧文突然推门出去了，把林震一个人留在这空旷的屋子里。他嗅见了肥皂的香气。马上，赵慧文回来了，端着一个长柄的小锅，她跳着进来，像一个梳着三只辫子的小姑娘。她打开锅盖，戏剧性地向林震说：

"来，我们吃荸荠，煮熟了的荸荠，我没有找到别的好吃的。"

"我从小就喜欢吃熟荸荠，"林震愉快地把锅接过来，他挑了一个大的没剥皮就咬了一口，然后他皱着眉吐了出来，"这是个坏的，又酸又臭。"赵慧文大笑了。林震气愤地把捏烂了的酸荸荠扔到地上。

临走的时候，夜已经深了，纯净的天空上布满了畏怯的小星星。有一个老头儿吆喝："炸丸子开锅！"推车走过。林震站在门外，赵慧文站在门里，她的眼睛在黑暗中闪光，她说："下次来的时候，墙上就有画了。"

林震会心地笑着："而且希望你把丢下的歌儿唱起来！"他摇了一下她的手。

林震用力地呼吸着春夜的清香之气，一股温暖的泉水在心头涌了上来。

八

韩常新最近被任命为组织部副部长。新婚和被提拔，使他愈益精神焕发和朝气勃勃。他每天刮一次脸，在参观了服装展览会以后又做了一套凡尔丁料子的衣服。不过，最近他亲自出马下去检查工作少了，主要是在办公室听汇报，改文件和找人谈话。刘世吾仍然那么忙……

一天，晚饭以后，韩常新把《拖拉机站站长与总农艺师》还给林震，他用手弹一弹那本书，点点头说："很有意思，也很荒唐。当个作家倒不坏，编得天花乱坠。赶明儿我得了风湿性关节炎或者犯错误受了处分，就也写小说去。"

林震接过书，赶快拉开抽屉，把它压在最底下。

刘世吾坐在另一边的沙发上正出神地研究一盘象棋残局，听了韩常新的话，刻薄地说："老韩将来得关节炎或者受处分倒不见得不可能，至于小说，我们可以放心，至少在这个行星上不会看到您的大作。"他说的时候一点不像开玩笑，以至韩常新尴尬地转过头，装没听见。

这时刘世吾又把林震叫过去，坐在他旁边，问："最近看什么书了？有没有好的借我看看？"

林震说没有。

刘世吾挪动着身体，斜躺在沙发上，两手托在脑后，半闭着眼，缓慢地说："最近在《译文》上看了《被开垦的处女地》第二部的片段，人家写得真好，活得很……"

"您常看小说？"林震真不大相信。

"我愿意荣幸地表示，我和你一样地爱读书：小说、诗歌、包括童话。解放以前，我最喜欢屠格涅夫，小学五年级，我已经读《贵族之家》，我为伦蒙那个德国老头儿流泪，我也喜欢叶琳娜；英沙罗夫写得却并不好……可他的书有一种清新的、委婉多情的调子。"他忽地站起来，走近林震，扶着沙发背，弯着腰继续说，"现在也爱看，看的时候很入迷，看完了又觉得没什么，你知道，"他紧挨林震坐下，又半闭起眼睛，"当我读一本好小说的时候，我梦想一种单纯的、美妙的、透明的生活。我想去做水手，或者穿上白衣服研究红血球，或者做一个花匠，专门培植十样锦……"他笑了，从来没这样笑过，不是用机智，而是用心。"可还是得做什么组织部长。"他摊开了手。

"为什么您把现在的工作看得和小说那么不一样呢？党的工作不单纯，不美妙，也不透明么？"林震友好而关切地问。

刘世吾接连摇头，咳嗽了一会，又站起来，靠到远一点的地方，嘲笑地说："党的工作者不适合看小说。……譬如，"他用手在空中一划，"拿发展党员来说，小说可以写：'在壮丽的事业里，多少名新战士参加了无产阶级的先锋行列，万岁！'而我们呢，组织部呢，却正在发愁：第一，某支部组织委员工作马大哈，谈不清新党员的历史情况。第二，组织部压了百十几个等着批准的新党员，没时间审查。第三，新党员需经常委会批准，常委委员一听开会批准党员就请假。第四，公安局长参加常委会批准党员的时候老是打瞌睡……"

"您不对！"林震大声说，他像本人受了侮辱一样地难以忍耐，"真奇怪！……"他说不下去了。

刘世吾笑了笑，叫韩常新："来，看看报上登的这个象棋残局，该先挪车呢还是先跳马？"

九

魏鹤鸣告诉林震，他要求回到车间做工人，他说："这个支部委员和生产科长我干不了。"林震费尽唇舌，劝他把那次座谈会收集的意见写给党报，并且质问他："你退缩了，你不信任党和国家了，是吗？"后来魏鹤鸣和几个意见较多的工人写了一封长信，偷偷地寄给报社，连魏鹤鸣本人都对自己有些怀疑："也许这又是'小集团活动'？那就处罚我吧！"他是带着有罪的心情把大信封扔进邮箱的。

五月中旬，《北京日报》以显明的标题登出揭发王清泉官僚主义作风的群众来信。署名"麻袋厂一群工人"的信，愤怒地要求领导上处理这一问题。《北京日报》编者也在按语中指出："……有关领导部门应迅速作认真的检查……"

赵慧文首先发现了，她叫林震来看。林震兴奋得手发抖，看了半天连不成句子，他想："好！终于揭出来了！时机总算成熟了吧？"

他把报纸拿给刘世吾看，刘世吾仔细地看了几遍，然后抖一抖报纸，客观地说："好，开刀了！"

这时，区委书记周润祥走进来，他问："王清泉的情况你们了解不？"

刘世吾不慌不忙地说："麻袋厂支部的一些不健康的情况那是确实存在的。过去，我们就了解过，最近我亲自找王清泉谈过话，同时小林同志也去了解过。"他转身向林震："小林，你谈谈王清泉的情况吧。"

有人敲门。魏鹤鸣紧张地撞进来，他的脸由红色变成了青色，他说，王厂长在看到《北京日报》以后非常生气，现在正追查写信的人。

……经过党报的揭发与区委书记的过问，刘世吾以出乎林震意料之外的雷厉风行的精神处理了麻袋厂的问题。刘世吾一下决心，就可以把工作做得很出色。他把其他工作交代给别人，连日与林震一起下到麻袋厂去。他深入车间，详细调查了王清泉工作的一切情况，征询工人群众的一切意见。然后，与各有关部门进行了联系，只用了一个多星期的时间，就对王清泉作了处理——党内和行政都予以撤职处分。

处理王清泉的大会一直开到深夜，开完会，外面下起雨，雨忽大忽小，久久地不停息。风吹到人脸上有些凉。刘世吾与林震到附近的一个小铺子去吃馄饨。

这是新近公私合营的小铺子，整理得干净而且舒适。由于下雨，顾客不多。他们避开热气腾腾的馄饨锅，在墙角的小桌旁坐下来。

他们要了馄饨，刘世吾还要了白酒，他呷了一口酒，掐着手指，有些感触地说："我这是第六次参加处理犯错误的负责干部的会议了，头几次，我的心很沉重。"由于在大会上激昂地讲过话，他的嗓音有些嘶哑，"党的工作者是医生，他要给人治病，他自己却是并不轻松的。"他用无名指轻轻敲着桌子。

林震同意地点头。

刘世吾忽然问："今天是几号？"

"五月二十。"林震告诉他。

"五月二十，对了。九年前的今天，青年军二〇八师打坏了我的腿。"

"打坏了腿？"林震对刘世吾的过去历史还不了解。

刘世吾不说话，雨一阵大起来，他听着那哗啦哗啦的单调的响声，嗅着潮湿的土气。一个被雨淋透的小孩子跑进来避雨，小孩的头发在往下滴水。

刘世吾招呼店员："切一盘肘子。"然后告诉林震："一九四七年，我在北大做自治会主席。参加五二〇游行的时候，二〇八师的流氓打坏了我的腿。"他挽起裤子，可以看到一道弧形的疤痕，然后他站起来："看，我的左腿是不是比右腿短一点？"

林震第一次以深深的尊敬和爱戴的眼光看着他。

喝了几口酒，刘世吾的脸微微发红，他坐下，把肉片夹给林震，然后斜着头说："那时候……我是多么热情，多么年轻啊！我真恨不得……"

"现在就不年轻，不热情了么？"林震试探着问。他想了解一下这个人，想逗得他多说几句。

"当然不，"刘世吾玩着空酒杯，"可是我真忙啊！忙得什么都习惯了，疲倦了。解放以来从来没睡够过八小时觉。我处理这个人和那个人，却没有时间处理处理自己。"他托起腮，用最质朴的人对人的态度看着林震，"是啊，一个布尔什维克，经验要丰富，但是心要单纯。……再来一两！"刘世吾举起酒杯，向店员招手。

这时林震已经开始被他深刻和真诚的抒发感动了。刘世吾接着闷闷地说："据说，炊事员的职业病是缺少良好食欲，饭菜是他们做的，他们整天和饭菜打交道。我们，党的工作者，我们创造了新生活，结果，生活反倒不能激动我们。……"

林震的嘴动了动，刘世吾摆摆手，表示希望不要现在就和他辩论。他不说话，独自托着腮发愣。

"雨小多了，这场雨对麦子不错。"过了半天，刘世吾叹了口气，忽然又说，"你这个干部好，比韩常新强。"

林震在慌乱中赶紧喝汤。

刘世吾盯着他，亲切地笑着，问他："赵慧文最近怎么样?"

"她情绪挺好。"林震随口说。他拿起筷子去夹熟肉，看见了他熟悉的刘世吾的闪烁的目光。

刘世吾把椅子拉近他，缓缓地说："原谅我的直爽，但是我有责任告诉你……"

"什么?"林震停止了夹肉。

"据我看，赵慧文对你的感情有些不……"

林震颤抖着手放下了筷子。

离开馄饨铺，雨已经停了，星光从黑云下面迅速地露出来，风更凉了，积水潺潺地从马路两边的泄水池流下去。林震迷惘地跑回宿舍，好像喝了酒的不是刘世吾，倒是他。同宿舍的同志都睡得很甜，粗短的和细长的鼾声此起彼伏。林震坐在床上，摸着湿了的裤角，难过，难过，说不清为什么要难过。眼前浮现了赵慧文的苍白而美丽的脸。……他还是个毛小伙子，他什么也没经历过，什么都不懂。难过，难过，……他走近窗子，把脸紧贴在外面沾满了水珠的冰冷的玻璃上。

十

区委常委开会讨论麻袋厂的问题。

林震列席参加。他坐在一角，心跳，紧张，手心里出了汗。他的衣袋里装着好几千字的发言提纲，准备在常委会上从麻袋厂事件扯出组织部工作中的问题。他觉得麻袋厂问题的揭发和解决，造成了最好的机会，可以促请领导从根本上考虑一下组织部的工作。时候到了！

刘世吾正在条理分明地汇报情况。书记周润祥显出沉思的神色，用左拳托着士兵式的粗壮而宽大的脸，右腕子压着一张纸，时而在上面写几个字。李宗秦用食指在空中写划着。韩常新也参加了会，他专心地把自己的鞋带解开又系上。

林震几次想说话，但是心跳得使他喘不上气。第一次参加常委会，就做这种大胆的发言，未免过于莽撞吧？不怕，不怕！他鼓励自己。他想起八岁那年在青岛学跳水，他也一边听着心跳，一边生气地对自己说："不怕，不怕！"

区委常委批准了刘世吾对于麻袋厂问题提出的处理意见，马上就要进行下面一项议程了，林震霍地举起了手。

"有意见吗？不举手就可以发言的。"周书记笑着说。

林震站起来，碰响了椅子，掏出笔记本看着提纲，他不敢看大家。

他说："王清泉个人是做了处理了，但是如何保证不再有第二、第三个王清泉出现呢？我们应该检查一下区委组织工作中的缺点：第一，我们只抓了建党，对于巩固党没给以应有的注意，使基层的党内斗争处于自流状态。第二，我们明知有问题却拖延着不去解决，王清泉来厂子整整五年，问题一直存在而且愈发展愈严重。……具体地说，我认为韩常新同志与刘世吾同志有责任……"

会场起了轻微的骚动，有人咳嗽，有人放下了烟卷，有人打开笔记本，有人挪了一下椅子。

韩常新耸了一下肩，用舌头舐了一下扭动着的牙床，讽刺地说："往往听到一种事后诸葛亮的意见：'为什么不早一点处理呢？'当然是愈早愈好喽……高饶事件发生了，有人问为什么不早一点，贝利亚，也有人问为什么不早一点。再者，组织部并不能保证第二、第三个王清泉不会出现，林震同志也未尝能保证这一点。……"

林震抬起头，用激怒的目光看韩常新。韩常新却只是冷冷地笑。林震压抑着自己，他说："老韩同志知道缺点的存在是规律，但他不知道克服缺点前进更是规律。老韩同志和刘部长，就是抱住了头一个规律，因而对各种严重的缺点采取了容忍乃至于麻木的态度！"说完，他用手抹了抹头上的汗，他也不知道自己怎么敢说得这样尖锐，但是终究说出来了，他有一种如释重负的感觉。

李宗秦在空中划着的食指停住了。周润祥转头看看林震又看看大家，他的沉重的身躯使木椅发出了吱吱声。他向刘世吾示意："你的意见？"

刘世吾点点头："小林同志的意见是对的，他的精神也给了我一些启发……"然后他悠闲地蹓到桌子边去倒茶水，用手抚摸着茶碗沉思地说，"不过具体到麻袋厂事件，倒难说了。组织部门巩固党的工作抓得不够，是的，我们干部太少，建党还抓不过来。麻袋厂王清泉的处理，应该说还是及时而有效的。在宣布处理的工人大会上，工人的情绪空前高涨，有些落后的工人也表示更认识到了党的大公无私，有一个老工人在台上一边讲话一边落泪，他们口口声声说着感谢党，感谢区委……"

林震小声说："是的，正因为这样，我才觉得我们工作中的麻木、拖延、不负责任，是对群众犯罪。"他提高了声音，"党是人民的、阶级的心脏，我们不允许心脏上有灰尘，就不允许党的机关有缺点！"

李宗秦把两手交叉起来放在膝头，他缓缓地说，像是一边说一边思索着如何造句："我认为林震、韩常新、刘世吾同志的主要争论有两个症结，一个是规律性与能动性的问题……一个是……"

林震以不知从哪儿来的勇气对李宗秦说："我希望不要只作冷静而全面的分析……"他没有说下去，他怕自己掉下眼泪来。

"为什么？"周润祥问林震，他严厉地说，"冷静而全面的分析比急躁而片面的冲动好得多。同志，你太容易激动了，背诵着抒情诗去做组织工作是不相宜的！"然后他对大家说："讨论下一项议程吧。"

散会后，林震气恼得没有吃下饭，区委书记的态度他没想到。他不满甚至有点失望。韩常新与刘世吾找他一齐出去散步，就像根本没理会他对他们的不满意，这使林震更意识到自己和他们力量的悬殊。他苦笑着想："你还以为常委会上发一席言就可以起好大的作用呢！"他打开抽屉，拿起那本被韩常新嘲笑过的苏联小说，翻开第一篇，上面写着："按娜斯嘉的方式生活！"他自言自语："真难啊！"

十一

第二天下班以后，赵慧文告诉林震："到我家吃饭去吧，我自己包饺子。"他想推辞，赵慧文已经走了。

林震犹豫了好久，终于在食堂吃了饭再到赵慧文家去。赵慧文的饺子刚刚煮熟。她第一次穿上暗红色的旗袍，系着围裙，手上沾满面粉，像一个殷勤的主妇似的对林震说："新下来的豆角做的馅子……"

林震嗫嚅地说："我吃过了"

赵慧文不信，跑出去给他拿来了筷子，林震再三表示确实吃过，赵慧文不满意地一个人吃起来。林震不安地坐在一旁，一会儿看看这，一会儿看看那，一会儿搓搓手，一会儿晃一晃身体。那种说不出来的温暖和难过的感觉又一齐涌上了他的心头。他的心在痛，好像失掉了什么，他简直不敢看赵慧文那张被红衣裳映红了的美丽的脸儿。

"小林，有什么事么？"赵慧文停止了吃饺子。

"没……有。"

"告诉我吧。"赵慧文目不转睛地看着他。

"昨天在常委会上我把意见都提了，区委书记睬都不睬……"

赵慧文咬着筷子端想了想，她坚决地说："不会的，周润祥同志也许只是不轻易发表意见……"

"也许。"林震半信半疑地说，他低下头，不敢正面接触赵慧文关切的目光。

赵慧文吃了几个饺子，又问："还有呢？"

林震的心跳起来了。他抬起头，看见了赵慧文那同情他和鼓励他的眼睛，他轻轻地叫："赵慧文同志……"

赵慧文放下筷子，靠在椅子背上，有些吃惊了。

"我很想知道，你是否幸福。"林震用一种粗重的完全像大人一样的声音说，"我看见过你的眼泪，在刘世吾的办公室，那时候春天刚来……后来忘记了。我自己马马虎虎地过日子，也不会关心人。你幸福吗？"

赵慧文略略疑惑地看着他，摇头，"有时候我也忘记……"然后点头，"会的，会幸福的。你为什么问它呢？"她安详地笑着。

林震把刘世吾对他讲的告诉了她："……请原谅我，把刘世吾同志随便讲的一些话告诉了你，那完全是瞎说……我很愿意和你一起说话或者听交响乐，你好极了，那是自然而然的……也许这里边有什么不好的，不合适的东西，马马虎虎的我忽然多虑了，我恐怕我扰乱谁。"林震抱歉地结束了。

赵慧文安详地笑着，接着皱起了眉尖儿，又抬起了细瘦的胳臂，用力擦了一下前额，然后她甩了一下头，好像甩掉什么不愉快的心事似的转过身去了。

她慢慢地走到墙壁上新挂的油画前边，默默地看画。那幅画的题目是"春"，莫斯科，太阳在春天初次出现，母亲和孩子到街头去……

一会，她又转过身来，迅速地坐在床上，一只手扶着床栏杆，异常平静地说："你说了些什么呀？真是！我不会做那些不经过考虑的事。我有丈夫，有孩子，我还没和你谈过我的丈夫，"她不用常说的"爱人"，而强调地说着"丈夫"，"我们在一九五二年结的婚，我才十九，真不该结婚那么早。他从部队里转业，在中央一个部里做科长，他慢慢地染上了一种'油条'劲儿，争地位、争待遇，和别人不团结。我们之间呢，好像也只剩下了星期六晚上回来和星期一走。他的理论是：或者是崇高的爱情，或者什么都没有。我们争吵了……但我仍然等待着……他最近出差去上海，等回来，我要和他好好谈一谈。可你说了些什么呢？"她又一次问，"小林，你是我所尊敬的顶好的朋友，但你还是个孩子——这个称呼也许不对，对不起。我们都希望过一种真正的生活，我们希望组织部成为真正的党的工作机构，我觉着你像是我的弟弟，你盼望我振作起来，是吧？生活是应该有互相支持和友谊的温暖，我从来就害怕冷淡。就是这些了，还有什么呢？还能有什么呢？"

林震惶恐地说："我不该受刘世吾话的影响……"

"不，"赵慧文摇头，"刘世吾同志是聪明人，他的警告也许并不是完全没有必要，然后……"她深深地吐一口气，"那就好了。"

她收拾起碗筷，出去了。

林震茫然地站起，来回踱着步子，他想着，想着，好像有许多话要说，慢慢地，又没有了。他要说什么呢？本来什么都没有发生。生活有时候带来某种情绪的波流，使人激动也使人困扰，然后波流流过去，没有一点痕迹……真的没有痕迹吗？它留下对于相逢者的纯洁和美好的记忆，虽然淡淡，却难忘……

赵慧文又进来了，她领着两岁的儿子，还提着一个书包。小孩已经与林震见过几次面，亲热地叫林震"夫夫"——他说不清"叔叔"。

林震用强健的手臂把他举了起来。空旷的屋子里顿时充满了孩子的笑闹声。

赵慧文打开书包，拿出一叠纸，翻着，说："今天晚上，我要让你看几样东西。我已经把三年来看到的组织部工作中的一些问题和自己的意见写了一个草稿。这个……"她不好意思地摸了一下一张橡皮纸，"大概这是可笑的，我给自己规定了一个竞赛的办法。让今天的自己和昨天的自己竞赛。我画了表，如果我的工作有了失误——写入党批准通知的时候抄错了名字或者统计错了新党员人数，我就在表上画一个黑叉子，如果一天没有错，就画一个小红旗。连续一个月都是红旗，我就买一条漂亮的头巾或者别的什么奖励自己……也许，这像幼儿园的做法吧？你笑吗？"

林震入神地听着，他严肃地说："决不，我尊敬你对你自己的……"

临走的时候，夜已经深了，林震站在门外，赵慧文站在门里，她的眼睛在黑暗中闪着光，她说："今天的夜色非常好，你同意吗？你嗅到槐花的香气了没有？平凡的小白花，它比牡丹清雅，比桃李浓馥，你嗅不到？真是！再见。明天一早就见面了，我们各自投身在伟大而麻烦的工作里边。然后晚上来找我吧，我们听美丽的意大利随想曲。听完歌，我给你煮荸荠，然后我们把荸荠皮扔得满地都是……"

……林震靠着组织部门前的大柱子好久好久地呆立着，望着夜的天空。初夏的南风吹拂着他——他来时是残冬，现在已经是初夏了。他在区委会度过了第一个春天。

一阵莫名其妙的情绪涌上了他的心头，仿佛是失掉了什么宝贵的东西，仿佛是由于想起了自己几个月来工作得太少而进步也太慢……不，他仿佛是第一次尝到了爱情的痛苦的滋味。

在这以前，他并没有想到自己会对赵慧文发生什么特别的感情，他不过是把她当作一位朋友，一位大姐；不过是，偶然想起她对他的友谊时，心里有一股温暖的、然而又有些难过的和惭愧的味儿。他一直并没有好好地去想一想为什么会有这样的心情。但正因为有这样的心情，再加上刘世吾的点破，他才更加不安，好像是担心会有什么不幸的事情要发生，因此他才有了刚才那样一段坦率的表白。却没有想到，当赵慧文也作了同样坦率的表白以后，当她仍然把他当作亲密的朋友，当她说出人与人之间需要热情，当她宣布了自己今后力求进步的计划以后，她的一举一动，她的心灵，反而显得更加可爱了，一股真正的爱情的滋味反而从他的内心深处涌出来了！……不，她是有丈夫的人，不会爱他，他也不应该爱她。……人，是多么复杂啊！一切一切事情，决不会像刘世吾所说的："就那么回事。"不，绝不是就那么回事。正因为不是就那么回事，所以人应该用正直的感情严肃认真地去对待一切。正因为这样，所以看见了不合理的事情，不能容忍的事情，就不要容忍，就要一次两次三次地斗争到底，一直到事情改变了为止。所以决不要灰心丧气……至于爱情呢，既是……，那就咬咬牙，把这热情悄悄地压在自己心里吧！

"我要更积极，更热情，但是一定要更坚强……"最后，林震低声对自己说了这么两句，挺起胸脯来深深地吸了一口夜的凉气。

隔着窗子，他看见绿色的台灯和夜间办公的区委书记的高大侧影，他坚决地、迫不及待地敲响领导同志办公室的门。

一九五六年五月—七月

选自《人民文学》1956 年第 9 期

作家的话 ◇◇

在写作生涯刚刚开始的时候，我考虑的是失败和嘲笑，我感到的是力不从心的痛苦。

即使这样，当我坐在桌前，拿起笔来的时候，我意识到这是发生了一件影响我的一生命运的事情。我觉得神圣，觉得庄严，深知自己是在努力把美好的、却也是稍纵即逝的生活记录下来，是在给热烈的、难以把握的激情赋以固定的形式。我真诚地认为，写在纸上的东西，也许其丰富多彩不及活生生的生活的千百分之一，然而它是热情的结晶，是生活的光泽，是青春的印迹，它比生活事件本身更永久、比生活事件本身更能为千万人所了解，它是心灵的历久不变的、行远不衰的唯一的信息。

于是我认为作家是世上最幸福的人，他能够同时与一千个、一万个、十万个朋友谈心，他永远也不会孤独，他永远和千百万人民在一起，去建立全新的、最美好、最公正也最富裕的生活。

《我在寻找什么》

评论家的话 ◈

20世纪50年代中期，生活刚刚展开它的新生面。周围弥漫着早春的气息，一切都充满生机。但是作家却对此投出了怀疑的眼光，他不满甚至力图反抗。孤立无援之中有一双忧郁而美丽的眼睛注视他。两颗年轻的心来不及互相靠近，几乎是预设的"警告"便阻隔了他们——这指的是作家含蓄暗示的林震和赵慧文可能的情感纠葛。这一切说是痛苦似乎太轻——它甚至使人感到可怕。

最值得珍贵的是这种对"就那么回事"的质问。这位年轻人在强大的习惯势力笼罩下试图争辩，不，不就是那么回事！但得到的回答却是相反。在这里，你可以感受到无所不在的因循、苟且，还有麻木，但是，它腻滑得像泥鳅，你抓不住它。

作家王蒙当日也如林震那样年轻。他触及了生活内里的阴冷和暗黑。而且触及了它的顽强和蛮横，它无止息的浸染和弥漫。应当承认刘世吾对生活的复杂性的理解有他的深刻性，对比之下，他是"成熟"的，而林震则是"幼稚"的。生活还在逼使林震变成第二个赵慧文，而且生活的强大惯性毫无疑问地将使这位年轻人就范。王蒙感受到这一点，但他还是让他的人物在力量悬殊中抗争。

这种明知其不可为而为的精神，在老练持重的人看来真有点像小说人物说的那样，"是从苏联电影里学习来的"。但是，无可争辩的事实是，它至今还在散发着青春的芳香和色彩。王蒙在小说开始的时候说刘世吾有一个"古怪"的名字。大概指的是"世吾"音近

"世故"。在年轻的林震看来，这位组织部副部长待人处世的"世故"是"古怪"的，这表明他的锋芒和锐气。

时间过去了将近半个世纪，这种以"世故"为古怪的看法，依然传达着一种青春朝气。人是会老的，而心境和精神却不能老去。也许事实最终嘲弄了文学，王蒙这篇小说作为文学干预生活的典范作品，从它诞生之日起，并不曾由于它的干预使生活更纯净，相反，当年使林震、赵慧文痛苦不安的东西却如瘟疫般得到蔓延。更为使人心惊的是，文学未曾成功地干预生活，而生活却成功地干预了文学。

那么，这是否意味着失败呢？未必。《组织部新来的青年人》带给人们精神的震撼至今犹在，可以确定，今后依然不会消失。那种为反抗世俗坚持清洁精神的激情，始终是文学和作家的骄傲。

谢冕：《青春的激情：文学和作家的骄傲》

巴 人

况钟的笔

　　巴人，原名王任叔。1910 年出生于浙江奉化。1926 年参加北伐，任北伐军总司令部秘书。1929 年赴日本，次年回国。1930 年在上海参加中国左翼作家联盟，从事左翼文艺活动。1941 年曾去印度尼西亚，在华侨中开展抗日宣传和爱国民主运动。1949 年后，历任中国驻印度尼西亚大使，人民文学出版社副社长、社长兼总编辑。20 世纪 50 年代出版的文艺论著《文学论稿》影响较大。50 年代中期在《人民日报》《文艺报》《人民文学》发表了一些反对主观主义提倡实事求是，反对"无情"文学提倡人道主义的杂文，其中《况钟的笔》《论人情》《以简代文》等传诵一时。另外还创作有长篇小说《莽秀才造反记》及剧本、回忆录近百万字。在1959 年的反右运动中，因《论人情》等文而遭批判、撤职。1960 年再次遭到全面批判。后从事东南亚历史研究，编成《印尼史稿》。"文化大革命"中被迫害致疯而死。

看了昆剧《十五贯》，叫我念念不忘的是况钟那支三起三落的笔。

自从仓颉造字、蒙恬造笔以来，凡是略识"之乎"的人，都是要用用笔的。读书人著书立说，吟歌赋诗，要用笔；种田的、赶买卖的，记记豆腐白酒账，要用笔；甚至像阿Q那样人物，临到枪毙之前，还要拿起笔来，伏在地上，在判决书上面画个圈圈，并且有慨于圈圈之画得不圆，这就可见笔之为用是大得很哩。

自然，笔各有不同，我们用的或毛笔，或钢笔，而况钟所用的是朱砂笔。况钟虽然是苏州府尹，但这回担任的工作，却是监斩。他的职责就是核对犯人和榜上名字是否属实。如果属实，那就算他"验明正身"了，大可朱砂笔一挥，向榜上名字一点，叫刽子手拉出去，一斩了事的。然而况钟偏不这么做，一听到犯人呼冤，拿起来的笔，便点不下去了。拿过判决书来看，竟是三问六审，经过不少人手，想来案情属实；又拿起笔来，又听到犯人呼冤，并且自述经过，又点不下去了。经过临时一次调查，冤情已经属实，但他既是监斩官，无权过问判决，于是又拿起笔来，但又看到犯人含冤莫伸的情形，又点不下去。他想到人命关天，要对人负责。他终于立下决心，自担干系，延缓处斩，向巡抚大人据理力争，并且亲自勘察，破了案情，平反了冤狱。这样，况钟的朱砂笔，终于点中了真正的杀人犯。可见一个人会不会用笔是大有讲究的。

我们的机关首长，单位的负责人，以至一般的工作人员，都是要用笔的。有的是起拟计划、稿件，等等，有的则是拿起笔来在计划、稿件之类上面批示一下，或同意，或另拟，或写上一个名字。但是，我们用笔有没有像况钟那样用得慎重而严肃？实在是大可深思一下的。我们之间固然不缺乏像况钟那样的人，善于在笔底下看到"人"，并且用行动来帮助用笔。但我们之间，也不缺乏像过于执那样的人，只知大笔一挥，看不到笔底下有"人"；或者把任何工作，往上一推，往下一压；自己仅仅经过手，签个名，只考究自己签名的字，是否"龙翔凤舞"，足够威势，也算是用过笔了。

没有对人负责的精神，不可能做出对工作负责的事，况钟的笔底下有"人"，就是况钟用笔的可贵精神。

但况钟的用笔是很不容易的。首先，这支朱砂笔必须点中真正杀人犯，那才能为社会除掉坏人。而除掉了坏人，也就是保护了好人。但要做到这一点，他得展开两条路线的斗争；一方面，他要同只知排比事件的表面现象，并且会用"人之常情"来作推理根据，却不研究事情的实质的主观主义者做斗争。另一方面，他还要同满足于自己的高官厚禄，闭着眼睛签发文件，而又讨厌下属提出不同意见，为了去掉不顺手的干部，就故意设下陷阱叫你跳下去的官僚主义分子做斗争。这样，况钟的笔就是处在主观主义者过于执和官僚主义者周岑的两支笔锋夹攻之间了。他要在这两支笔锋夹攻之间，杀出一条真理的路来，实在是需要有大勇气、大智慧的。但一个能对人负责的人，一定会得到人民力量的支持，就会有大勇气；而一个得到人民力量支持的人，一定能集中群众的智慧，就会有大智慧。况钟就这样地战胜了两支夹攻的笔锋，平反了冤狱。况钟可说是善用其笔的人了。

经常用笔而又经常信笔一挥的人，是不能不想想况钟的用笔之法的。

选自 1956 年 5 月 6 日《人民日报》

作家的话 ◇

说小品文是不民主时代的产物，现在是社会主义民主的时代，"原是萌芽于'文学革命'以至'思想革命'的小品文就应该失去其存在的理由"。这话，听来是很堂皇的，"原则性"很强的。但不民主的时代，居然还能产生革命的小品文，那么，在社会主义民主的时代可也难免产生不民主的事实吧！

《消亡中的"哀鸣"》

杂文的存废，不在于杂文的体裁、风格与笔调，如果，这世上不缺乏战士，则总会随兴所致，拿起这杂文的武器来。

《〈鲁迅风〉话旧》

推荐者的话 ◇

《况钟的笔》一文载于 1956 年 5 月 6 日《人民日报》，是巴人在 1949 年后发表的第一篇杂文。开篇历数笔的重要性，而后不厌其详地记述《十五贯》中况钟用笔的三起三落，称赞况钟的善用其笔。接着笔锋一转，由古到今，点出了同官僚主义做斗争的主旨。语言尖锐锋利，观察敏锐，思考深刻，具有强烈的现实针对性，体现了作者在"双百"方针的鼓舞下所激发的现实主义战斗精神。

宋炳辉

宗　璞
红　豆

宗璞，原名冯钟璞。笔名绿繁、任小哲等。1928 年出生于北京的一个书香之家，从小受到高层知识界的熏陶。1946 年入南开大学外文系，1948 年转入清华大学外文系。1951 年毕业后，分配在中央人民政府政务院宗教事务委员会工作。1953 年调入中国文联研究部，后调《文艺报》工作。1960 年调任《世界文学》编辑，后到中国社会科学院外国文学研究所工作。1948 年发表小说处女作《A·K·C》。1957 年发表的短篇小说《红豆》引起争论并受到错误批判。主要作品有：《宗璞小说散文选》、散文集《丁香结》、长篇小说《南渡记》等。作品求诚求雅，文字精美，讲究氛围和意境，含蓄蕴藉，显示出浑厚的学养。其小说多取自知识阶层的爱情、婚姻、家庭生活，或写实，或以荒诞手法出之，各臻其妙。

天气阴沉沉的，雪花成团地飞舞着。本来是荒凉的冬天的世界，铺满了洁白柔软的雪，仿佛显得丰富了，温暖了。江玫手里提着一只小箱子，在 X 大学的校园中一条弯曲的小道上走着。路旁的假山，还在老地方。紫藤萝架也还是若隐若现地躲在假山背后。还有那被同学戏称为阿木林的枫树林子，这时每株树上都积满了白雪，真是"忽如一夜春风来，千树万树梨花开"了。雪花迎面扑来，江玫觉得又清爽又轻快。她想起六年以前，自己走着这条路，离开学校，走上革命的工作岗位时的情景，她那薄薄的嘴唇边，浮出一个微笑。脚下不觉愈走愈快，那以前住过四午的西楼，也愈走愈近了。

　　江玫走进了西楼的大门，放下了手中的箱子，把头上紫红色的围巾解下来，抖着上面的雪花。楼里一点声音也没有；静悄悄的。江玫知道这楼已做了单身女教职员宿舍，比从前是学生宿舍时，自然不同。只见那间门房，从前是工友老赵住的地方，门前挂着一个牌子，写着"传达室"三个字。

　　"有人么？"江玫环顾着这熟悉的建筑，还是那宽大的楼梯，还是那阴暗的甬道，吊着一盏大灯。只是墙边布告牌上贴着"今晚团员大会"的布告，又是工会基层选举的通知，用红纸写着，显得喜气洋洋的。

　　"谁呀？"一个苍老的声音从传达室里发出来。传达室门开了，一个穿着干部服的整洁的老头儿，站在门口。

　　"老赵！"江玫叫了一声，又高兴又惊奇，跑过去一把抱住了他。

"你还在这儿!"老赵揉了揉眼睛,仔细看着江玫。"是江玫!打前儿个总务处就通知我,说党委会新来了个干部,叫给预备一间房,还说这干部还是咱们学校的学生呢,我可再也没想到是你!你离开学校六年啦,可一点没变样,真怪,现时的年轻人,怎么再也长不老哇!走!领你上你屋里去,可真凑巧,那就是你当学生时住的那间房!"

老赵絮絮叨叨领着江玫上楼。江玫抚着楼梯栏杆,好像又接触到了六年以前的大学生生活。

这间房间还是老样子,只是少了一张床,多了些别的家具。窗外可以看到阿木林,还有阿木林后面的小湖,在那里,夏天时,是要长满荷花的。江玫四面看着,眼光落到墙上嵌着的一个耶稣苦相上。那十字架的颜色,显然深了许多。

好像是有一个看不见的拳头,重重地打了江玫一下。江玫觉得一阵头昏,问老赵:"这个东西怎么还在这儿?"

"本来说要取下来,破除迷信,好些房间都取下来了。后来又说是艺术品让留着,有几间屋子就留下了。"

"为什么要留下?为什么要留下这一间的?"江玫怔怔地看着那十字架,一歪身坐在还没有铺好的床上。

"那也是凑巧呗!"老赵把桌上的一块破抹布捡在手里,"这屋子我都给收拾好啦,你归置归置,休息休息。我给你张罗点开水去。"

老赵走了,江玫站起身来,伸手想去摸那十字架,却又像怕触到使人疼痛的伤口似的,伸出手又缩回手,怔了一会儿,后来才用力一撤耶稣的手,那十字架好像一扇门一样打开了。墙上露出一个小洞。江玫踮起脚尖往里看,原来被冷风吹得绯红的脸色刷的一下变得惨白。她低声自语："还在！"遂用两个手指，钳出了一个小小的有象牙托子的黑丝绒盒子。

江玫坐在床边，用发颤的手揭开了盒盖。盒中露出来血点儿似的两粒红豆，镶在一个银丝编成的指环上，没有耀眼的光芒，但是色泽十分匀净而且鲜亮。时间没有给它们留下一点痕迹——

江玫知道这里面有多少欢乐和悲哀。她拿起这两粒红豆，往事像一层烟雾从心上升起，泪水遮住了眼睛——

那已经是八年以前的事了。那时江玫刚二十岁，上大学二年级。那正是一九四八年，那动荡的翻天覆地的一年，那激动，兴奋，流了不少眼泪，决定了人生的道路的一年。

在这一年以前，江玫的生活像是山岩间平静的小溪流，一年到头潺湲地流着，从来也没有波浪。她生长于小康之家，父亲做过大学教授，后来做了几年官。在江玫五岁时，有一天，他到办公室去，就再没有回来过。江玫只记得自己被送到舅母家去住了一个月，回家时，看见母亲如画的脸庞消瘦了，眼睛显得惊人的大，看去至少老了十年。据说父亲是患了急性肠炎去世了。以后，江玫上了小学上中学，上了中学上大学。在中学时，有一些密友常常整夜叽叽喳喳地谈着知心话。上大学后，因为大学都是上课来，下课走，不参加什么活动的人简直连同班同学也不认识，只认识自己的同屋。江玫白天上课弹琴，晚上坐图书馆看参考书，礼拜六就回家。母亲从摆着夹竹桃的台阶上走下来迎接她，生活就像那粉红色的夹竹桃一样与世隔绝。

一九四八年春天，新年刚过去，新的学期开始了。那也是这样一个下雪天，浓密的雪花安安静静地下着。江玫从练琴室里走出来，哼着刚弹过的调子。那雪花使她感到非常新鲜，她那年轻的心充满了欢快。她走在两排粉妆玉琢的短松墙之间，简直想去弹动那雪白的树枝，让整个世界都跳起舞来。她伸出了右手，自己马上觉得不好意思，连忙缩了回来，掠了掠鬓发，按了按母亲从箱子底下找出来的一个旧式发夹，发夹是黑白两色发亮的小珠串成的，还托着两粒红豆，她的新同屋萧素说好看，硬给她戴在头上的。

在这寂静的道路上，一个青年人正急速地向练琴室走来。他身材修长，穿着灰绸长袍，罩着蓝布长衫，半低着头，眼睛看着自己前面三尺的地方，世界对于他，仿佛并不存在。也许是江玫身上活泼的气氛，脸上鲜亮的颜色搅乱了他，他抬起头来看了她一眼。江玫看见他有着一张清秀的象牙色的脸，轮廓分明，长长的眼睛，有一种迷惘的做梦的神气。江玫想，这人虽然抬起头来，但是一定并没有看见我。不知为什么，这个念头，使她觉得很遗憾。

晚上，江玫躺在床上，久久不能入睡。许多片断在她脑中闪过。她想着母亲，那和她相依为命的老母亲，这一生欢乐是多么少。好像有什么隐秘的悲哀在过早地染白她那一头茂盛的头发。她非常嫌恶那些做官的和有钱的人，江玫也从她那里承袭了一种清高的气息。那与世隔绝的清高，江玫想想，忽然好笑了起来。

江玫自己知道，觉得那种清高好笑是因为想到萧素的缘故。萧素是江玫这一学期的新同屋。同屋不久，可是两人已经成为很要好的朋友。萧素说江玫像是从另一个世界来的，清高这个词儿也是萧素说的，她还说："当然，这也有好处也有不好处。"这些，江玫并不完全了解。只不知为什么，乱七八糟的一些片断都在脑海中浮现出来。

这屋子多么空！萧素还不回来。江玫很想看见她那白中透红的胖胖的面孔，她总是给人安慰、知识和力量。学物理的人总是聪明的，而且她已经四年级了，江玫想。但是在萧素身上，好像还不只是学物理和上到大学四年级，她还有着更丰富的东西，江玫还想不出是什么。

正乱想着，萧素推门进来了。

"哦！小鸟儿！还没有睡！"小鸟儿是萧素给江玫起的绰号。

"睡不着。真希望你快点回来。"

"为什么睡不着？"萧素带回来一个大萝卜，切了一片给江玫。

"等着吃萝卜，——还等着你给讲点什么。"江玫望着萧素坦白率真的脸，又想起了母亲。上礼拜她带萧素回家去，母亲真喜欢萧素，要江玫多听萧姐姐的话。

"我会讲什么？你是幼儿园？要听故事？唉，给你本小书看看。"江玫接过那本小书，书面上写着《方生未死之间》。

两人静静地读起书来了。这本书很快就把江玫带进了一个新的天地。它描写着中国人民受的苦难，在血和泪中，大家在为一种新的生活——真正的丰衣足食，真正的自由——奋斗，这种生活，是大家所需要的。

"大家？——"江玫把书抱在胸前，沉思起来。江玫的二十年的日子，可以说全是在那粉红色的夹竹桃后面度过的。但她和母亲一样，憎恶权势，憎恶金钱。母亲有时会流着泪说："大家都该过好日子，谁也不该屈死。"母亲的"大家"在这本小书里具体化了。是的，要为了大家。

"萧素，"江玫靠在枕上说，"我这简单的人，有时也曾想过人活着是为了什么，但想不通。你和你的书使我明白了一些道理。"

"你还会明白得更多。"萧素热切地望着她，"你真善良——你让我忘记刚才的一场气了。刚刚我为我们班上的齐虹真发火——"

"齐虹？他是谁？"

"就是那个常去弹琴，老像在做梦似的那个齐虹，真是自私自利的人，什么都不能让他关心。"

萧素又拿起书来看了。

江玫也拿起书来，但她觉得那清秀的象牙色的脸，不时在她眼前晃动。

雪不再下了。坚硬的冰已经逐渐变软。江玫身上的黑皮大衣换成了灰呢子的，配上她习惯用的红色的围巾，洋溢着春天的气息。她跟着萧素生活渐渐忙起来。她参加了"大家唱"歌咏团和"新诗社"。她多么欢喜那"你来我来他来她来大家一齐来唱歌"的热情的声音，她因为《黄河大合唱》刚开始时万马奔腾的鼓声兴奋得透不过气来。她读着艾青、田间的诗，自己也悄悄写着什么"飞翔，飞翔，飞向自由的地方"的句子。"小鸟"成了大家对她的爱称。她和萧素也更接近，每天早上一醒来，先要叫一声"素姐"。

她还是天天去弹琴，天天碰见齐虹，可是从没有说过话。本来总在那短松夹道的路上碰见他。后来常在楼梯上碰见他，后来江玫弹完了琴出来时，总看见他站在楼梯栏杆旁，仿佛站了很久了似的，脸上的神气总是那样漠然。

有一天天气暖洋洋的，微风吹来，丝毫不觉得冷，确实是春天来了。江玫在练琴室里练习贝多芬的《月光曲》，总弹也弹不会，老要出错，心里烦躁起来，没到时间就不弹了。她走出琴室，一眼就看见齐虹站在那里。他的神色非常柔和，劈头就问：

"怎么不弹了？"

"弹不会。"江玫多少带了几分诧异。

"你大概太注意手指的动作了。不要多想它，只记着调子，自然会弹出来。"

他在钢琴旁边坐下了，冰冷的琴键在他的弹奏下发出了那样柔软热情的声音。换上别的人，脸上一定会带上一种迷醉的表情，可是齐虹神采飞扬，目光清澈，仿佛现实这时才在他眼前打开似的。

"这是怎么样的人？"江玫问着自己，"学物理，弹一手好钢琴，那神色多么奇怪！"

齐虹停住了，站起来，看着倚在琴边的江玫，微微一笑。

"你没有听？"

"不，我听了。"江玫分辩道，"我在想——"想什么，她自己也不知道。

"我送你回去，好么？"

"你不练琴么？"

"不想练。你看天气多么好！"

就这样，他们开始了第一次的散步，就这样，他们散步，散步，看到迎春花染黄了柔软的嫩枝，看到亭亭的荷叶铺满了池塘。他们曾迷失在荷花清远的微香里，也曾迷失在桂花浓酽的甜香里，然后又是雪花飞舞的冬天。哦！那雪花，那阴暗的下雪天！——

齐虹送她回去，一路上谈着音乐，齐虹说："我真喜欢贝多芬，

153

他真伟大，丰富，又那样朴实。每一个音符上都充满了诗意。"江玫懂得他的"诗意"含有一种广义的意思。她的眼睛很快地表露了她这种懂得。

齐虹接着说："你也是喜欢贝多芬的。不是吗？据说肖邦最不喜欢贝多芬，简直不能容忍他的音乐。"

"可我也喜欢肖邦。"江玫说。

"我也喜欢。那甜蜜的忧愁——人和人之间是有很多相同的也有很多不相同的东西。——"那漠然的表情又来到他的脸上，"物理和音乐能把我带到一个真正的世界去，科学的、美的世界，不像咱们活着的这个世界，这样空虚，这样紊乱，这样丑恶！"

他送她到西楼，冷淡地点了一个头就离开了，根本没有问她的姓名。江玫又一次感到有些遗憾。

晚上，江玫从图书馆里出来，在月光中走回宿舍。身后有一个声音轻轻唤她："江玫！"

"哦！是齐虹。"她回头看见那修长的身影。

"你怎么知道我的名字？"齐虹问。月光照出他脸上热切的神气。

"你怎么知道我的名字？"江玫反问。她觉得自己好像认识齐虹很久了，齐虹的问题可以不必回答。

"我生来就知道。"齐虹轻轻地说。

两人都不再说话。月光把他们的影子投在地上。

以后，江玫出来时，只要是一个人，就总会听到温柔的一声"江玫"。他们愈来愈熟。不知从什么时候起，从图书馆到西楼的路就无限度地延长了。走啊，走啊，总是走不到宿舍。江玫并不追究路为什么这样长，她甚至希望路更长一些，好让她和齐虹无止境地谈着贝多芬和肖邦，谈着苏东坡和李商隐，谈着济慈和勃朗宁。他们都很喜欢苏东坡的那首《江城子》："十年生死两茫茫，不思量，自难忘，千里孤坟，无处话凄凉。"他们幻想着十年的时间会在他们身上留下怎样的痕迹。他们谈时间，空间，也谈论人生的道理——

齐虹说："人活着就是为了自由。自由，这两个字实在好极了。自就是自己，自由就是什么都由自己，自己爱做什么就做什么。这解释好吗？"他的语气有些像开玩笑，其实他是认真的。

"可是我在书里看见，认识必然才是自由。"江玫那几天正在看《大众哲学》，"人也不能只为自己，一个人怎么活？"

"呀！"齐虹笑道，"我倒忘了，你的同屋就是萧素。"

"我们非常要好。"

因为看到路旁的榆叶梅，齐虹说用热闹两字形容这种花最好。江玫很赞赏这两个字。就把自由问题搁下了。

江玫隐约觉得，在某些方面，她和齐虹的看法永远也不会一致。可是她并没有去多想这个，她只欢喜和他在一起，遏制不住地愿意和他在一起。

一个礼拜天，江玫第一次没有回家。她和齐虹商量好去颐和园。春天的颐和园真是花团锦簇，充满了生命的气息。来往的人都脱去了臃肿的冬装，显得那样轻盈可爱。江玫和齐虹沿着昆明湖畔向南走去，那边简直没有什么人，只有和暖的春风和他们做伴。绿得发亮的垂柳直向他们摆手。他们一路赞叹着春天，赞叹着生命，走到玉带桥旁。

"这水多么清澈，多么丰满啊。"江玫满心欢喜地向桥洞下面跑去。她笑着想要摸一摸那湖水。齐虹几步就追上了她，正好在最低的一层石阶上把她抱住。

"你呀！你再走一步就掉到水里去了！"齐虹掠着她额前的短发，"我救了你的命，知道么？小姑娘，你是我的。"

"我是你的。"江玫觉得世界上什么都不存在了。她靠在齐虹胸前，觉得这样撼人的幸福渗透了他们。在她灵魂深处汹涌起伏着潮水似的柔情，把她和齐虹一起溶化。

齐虹抬起了她的脸："你哭了？"

"是的。我不知为什么，为什么这样感动——"

齐虹也感动地望着她，在清澈的丰满的春天的水面上，映出了一双倒影。

齐虹喃喃地说："我第一次看见你，就是那个下雪天，你记得么？我看见了你，当时就下了决心，一定要永远和你在一起，就像你头上的那两粒红豆，永远在一起，就像你那长长的双眉和你那双会笑的眼睛，永远在一起。"

"我还以为你没有看见我——"

"谁能不看见你！你像太阳一样发着光，谁能不看见你！"齐虹的语气是这样热烈，他的脸上真的散发出温暖的光辉。

他们循着没有人迹的长堤走去，因为没有别人而感到自由和高兴。江玫抬起她那双会笑的眼睛，悄声说："齐虹，咱们最好去住在一个没有人的岛上，四面是茫茫的大海，只有你是唯一的人。——"

齐虹快乐地喊了一声，用手围住她的腰。"那我真愿意！我恨人类！只除了你！"

对于江玫来说，正是由于深切的爱，才想到这样的念头，她不懂齐虹为什么要联想到恨，未免有些诧异地望着他。她在齐虹光亮的眼睛里读到了热情，但在热情后面却有一些冰冷的东西，使她发抖。

齐虹注意到她的神色，改了话题：

"冷吗？我的小姑娘。"

"我只是奇怪，你怎么能恨——"

"你甜蜜的爱，就是珍宝，我不屑把处境跟帝王对调。"齐虹顺口念着莎士比亚的两句诗，他确是真心的。可是江玫听来，觉得他对那两句诗的情感，更多于对她自己。她并没有多计较，只说是真有些冷，柔顺地在他手臂中，靠得更紧一些。

江玫的温柔的衰弱的母亲不大喜欢齐虹。江玫问她："他怎么不好？他哪里不好？"母亲忧愁地微笑着，说他是聪明极了，也称得起漂亮，但作为一个人，他似乎少些什么，究竟少些什么，母亲也说不出。在江玫充满爱情的心灵里，本来有着一个奇怪的空隙，这是任何在恋爱中的女孩子所不会感到的。而在江玫，这空隙是那样尖锐，那样明显，使她在夜里痛苦得睡不着。她想马上看见他，听他不断地诉说他的爱情。但那空隙，是无论怎样的诉说也填不满的罢。母亲的话更增加了江玫心上的阴影。更何况还有萧素。

红五月里，真是热闹非凡。每天晚上都有晚会。五月五日，是诗歌朗诵会。最后一个朗诵节目是艾青的《火把》。江玫担任其中的唐尼。她本来是再也不肯去朗诵诗的，她正好是属于一听朗诵诗就浑身起鸡皮疙瘩的那种人。萧素只问了她两句话："喜欢这首诗不？""喜欢。""愿意多有一些人知道它不？""愿意。""那好了。你去念罢。"江玫拂不过她，最后还是站到台上来了。她听到自己清越的声音飘在黑压压的人群上，又落在他们心里。她觉得自己就是举着火把游行的唐尼，感觉到了一种完全新的东西、陌生的东西。而萧素正像是指导着唐尼的李茵。她愈念愈激动，脸上泛着红晕。她觉得自己在和上千的人共同呼吸，自己的情感和上千的人一同起落。"黑夜从这里逃遁了，哭泣在遥远的荒原。"那雄壮的齐诵好像是一种无穷的力量，推着她，江玫想要奔跑，奔跑——

回到房间里，她对萧素说："我今天忽然懂得了大伙儿在一起的意思，那就是大家有一样的认识，一样的希望，爱同样的东西，也恨同样的东西。"

萧素直看着她，问道："你和齐虹有一样的认识，一样的期望么？"

江玫很怪萧素这时提到齐虹，打断了她那些体会，她那双会笑的眼睛严肃起来："我真不知道怎样告诉你，我和齐虹，照我看，有很多地方，是永远也不会一致的。"

萧素也严肃地说："本来是不会一致。小鸟儿，你是一个好女孩子，虽然天地窄小，却纯洁善良。齐虹憎恨人，他认为无论什么人彼此都是互相利用。他有的是疯狂的占有的爱，事实上他爱的还是自己。我和他已经同学四年——"

"你怎么能这样说他！我爱他！我告诉你我爱他！"江玫早忘了她和齐虹之间的分歧，觉得有一团火在胸中烧，她斩钉截铁地说，砰的一声关上房门，到走廊里去了。

"回来！回来。"第一声是严厉的，第二声是温柔的。萧素打开房门，看见她站在走廊里，眼睛像星星般亮。"你这礼拜天回家吗？有点事要你做。"

江玫是从不拒绝萧素的任何要求的。她隐约觉得萧素正在为一个伟人的事业做着工作，萧素的生活是和千百万人联系在一起的，非常炽热，似乎连石头也能温暖。她望着萧素，慢慢走了回来。

　　"什么事？交给我办好了。"

　　"你不回家么？"

　　"原来想回去看看。听说面粉已经涨到三百万一袋了。前几天《大公报》登了几首小诗，有一点稿费，想去送给母亲。"江玫一下子觉得疲倦得要命，坐在椅子上。

　　萧素本来想说"不食人间烟火的江玫也知道关心物价了"，又一想，就没有说。只说：

　　"这里有几篇壁报稿子，礼拜一要出，你来把它们修改一遍，文字上弄通顺些，抄写清楚。我明天进城，可以把钱送给伯母。"她把稿子递给江玫，关心地看着她，说，"过两天，咱们还要好好谈一谈。"

　　礼拜天，江玫吃过早饭就坐在桌旁看那些稿子。为什么这些短短的文字并不怎么通顺的文章这样有说服力？要民主反饥饿，像钟声一样在江玫耳边敲着。参加新诗朗诵会的兴奋心情又升起来了。《火把》中的唐尼的形象仿佛正站在窗帘上。

　　有人敲门。

　　"江玫！"是齐虹的声音。

　　江玫转过头去，正是齐虹站在门口，一脸温柔的笑意，在看着江玫。

　　"哦！你来了！"

　　"昨天晚上到你家里去了，伯母说你没有回来。我连家也没有回，就回学校来了。"他走上来握住江玫的手。

一提起齐虹的家，江玫眼前就浮现出富丽堂皇的大厅，老银行家在数着银圆，叮叮当当响，这和江玫手上的那些文章很不调合。甚至齐虹，这温文尔雅的齐虹，也和它们很不调合，但江玫看见他，还是很高兴的。

"在干什么？要出壁报么？听说你还朗诵诗？你怎么？也参加民主运动了？我的女诗人！"

江玫不太喜欢他那说话的语气，颔首要他坐下。

"我是来找你出去玩的。你看天气多么好！转眼就是夏天了。我来接你到'绝域'去做春季大扫除。"

"绝域"是他们两个都喜欢的一个童话《彼得·潘》中的神仙领域。他们的爱情就建筑在这些并不存在的童话，终究要萎谢的花朵，要散的云，会缺的月上面。

"今天不行呀，齐虹。"江玫抱歉地说。抽回了自己的手，理了理放在桌上的稿子，"萧素要我——"

"萧素！又是萧素！你怎么这么听她的话！"齐虹不耐烦地说。

"她的话对么！"

"可是你知道我多么想和你在一起，去听那新生的小蝉的叫唤，去看那新长出来的小小的荷叶——我想要怎样，就要做到！"齐虹脸上温柔的笑意不见了，好像江玫是他的一本书，或者一件仪器。

江玫惊诧地望着他。

"也许，你还会去参加游行罢！你真傻透了！就知道一个萧素！"愤怒的阴云使他的脸变得很凶恶。但他马上又换上一副温和的腔调，"跟我去罢，我的小姑娘。"

江玫咬着自己的嘴唇，几乎咬出血来。

门外有人叫："小鸟儿！江玫！快来看看这幅漫画，合适不合适。"

江玫想要出去。齐虹却站在桌前不放她走。江玫绕到桌子这边，齐虹也绕了过来，照旧拦住她。江玫又急又气，怎么推他也推不动，不一会儿，江玫的头发散乱，那红豆发夹落在地上。马上就被齐虹那穿着两色镶皮鞋的脚踩碎了，满地散着黑白两色的小珠。江玫觉得自己整个的灵魂正像那个发夹一样给压碎了。她再没有一点力气，屈辱地伏在桌上哭起来。

齐虹需要的正是这样的哭泣。他捡起那两粒红豆，极其体贴地抚着她的肩："原谅我，原谅我！我太任性，我只是说不出的要和你在一起，我需要你——"

"别哭了，别哭了，我的小姑娘。"齐虹真的着急起来，"我再也不惹你生气了，再也不——再也不——"

江玫觉得这一切真没意思。她很快就抬起头来，擦干了眼泪。她看出来壁报是编不成了，但她也下定决心不跟他出去。只呆呆地坐着，望着窗外。

"好了，好了，不要生气。我来做个盒子把这两粒红豆装起来罢。做个纪念，以后决不会再惹你。咱们该把这两粒红豆藏在哪儿？"

以后，这两粒红豆就被装在一个精致的盒子里面，放在耶稣像后面的小洞里了。那小洞是齐虹偶然发现的。江玫睡在床上看见耶稣的像，总觉得他太累，因为他负荷着那么多人世间的痛苦。

这一次争吵以后，齐虹和江玫并不是再也不，而是把争吵哭泣，变成了他们爱情的一部分。他们每次见面总有一阵风波，有时大有时小，但如有一天不见面，不看到听到对方的音容笑貌，在他们却又是受不了的事。他们的爱情正像鸦片烟一样，使人不幸，而又断绝不了。江玫一天天的消瘦了，苍白了，母亲望着她忍不住哭。齐虹脸上那种漠不关心的神气消失了，换上的是提心吊胆的急躁和忧愁。因为他对人生不信任，他对爱情也不信任，他监视着爱情，监视着幸福，监视着江玫——

就在这个时候，江玫也一天天明白了许多事。她知道少数人剥削多数人的制度该被打倒。她那善良的少女的心，希望大家都过好的生活。而且物价的飞涨正影响着江玫那平静温暖的小天地。母亲存着一些积蓄的那家银行忽然关了门。江玫和母亲一下子变成舅舅的负担了。江玫是决不愿意成为别人的负担的。她渴望着新的生活，新的社会秩序。共产党在她心里，已经成为一盏导向幸福自由的灯，灯光虽还模糊，但毕竟是看得见的了。

也就在这时候，江玫的母亲原有的贫血症愈来愈严重，医生说必须加紧治疗，每天注射肝精针，再拖下去的话，后果不堪设想。但是这一笔医药费用筹办起来谈何容易！舅舅已经是自顾不暇了，难道还去麻烦他？本来和齐虹一提也可以，但是江玫决不愿求他。江玫只自己发愁，夜里直睡不着觉。

萧素很快就看出来江玫有心事。一盘问，江玫就一五一十告诉了她。

"那可不能拖下去。"萧素立刻说，她那白白的脸上的神色总是那样果断，"我输血给她！小鸟儿，你看，我这样胖！"她含笑弯起了手臂。

江玫感动地抱住了她："不行，萧素。你和我的血型一样，和母亲不一样，不能输血。"

"那怎么办？我们总得想办法去筹一笔款子——"

第三天晚上，萧素兴高采烈地冲进房间。一进来就喊："江玫！快看！"江玫吃惊地看她，她大笑着，扬起了一沓钞票。

"素！哪里来的？你怎么这样有本事！"江玫也笑了，笑得那样放心。这种笑，是齐虹极想要听而听不到的。

"你别管，明天快拿去给伯母治病吧。"萧素眨眨眼睛，故作神秘地说。

"非要知道不可！不然我不安心！"

"别说了。我要睡觉了。"萧素笑过了，一下子显得很是疲倦。她脱去了朴素的蓝外套，只穿着短袖竹布旗袍，坐在床边上。

江玫上下打量她，忽然看见她的臂弯里贴着一块橡皮膏。江玫过去拉起她的手，看看橡皮膏，又看看她的脸。

"有什么好打量的？"萧素微笑着抽回了手，盖上了被。

"你——抽了血？"

萧素满不在乎地说："我卖了血。不只我一个人，还有几个伙伴。"

人常常会在一刹那间，也许只是因为一个眼神一个手势，伤透了心，破坏了友谊。人也常常会在一刹那间，也许就因为手臂上的一点针孔，建立了死生不渝的感情。江玫这时什么话也说不出来。她一下子跪在床边，用两只手遮住了脸。

礼拜六，江玫一定要萧素自己送钱去给母亲。萧素答应了和江玫一道回家，江玫也答应了萧素不告诉母亲钱的来源。两人欢欢喜喜回家去了。到了家，江玫才发现母亲已经病倒在床，这几天饭都是舅母那边送过来的。她站在衰老病弱的母亲床边，一阵心酸，眼泪夺眶而出。萧素也拿出了手绢。但她不只是看见这一位母亲躺在床上，她还看见千百万个母亲形销骨立心神破碎地被压倒在地上。

这一晚，两人自己做了面，端在母亲床边一同吃了。母亲因为高兴，精神也好了起来。她吃过了面，笑着说："我真是病得老了，今天你舅母来，问我有火没有，我听成有狗没有，直告诉她从前咱们养了一只狗，名叫斐斐——"萧素和江玫听了笑得不得了。江玫正笑着，想起了齐虹。她想：这种生活和感情是齐虹永远不会懂的。她也没有一点告诉给他的欲望。

六月，反对美国扶植日本的运动达到了高潮。江玫比以前更关心当前的政治局势。她感到美国正在筹谋着什么坏主意。很明显，扶植压迫中国人民八年之久的日本，在每一个中国人心上都会引起抑制不住的愤怒。

有一天，萧素和江玫坐在窗前，读着当时美驻华大使司徒雷登在报上发表的声明，一面读一面生气。声明中说："如使日人成为饥饿不安之人民，则日人亦将续为和平之威胁，此种情形适为共产主义所需。如吾人诚意为一般之利益计，必须消灭鼓励共产主义之因素。"这很可以看清楚美国的目的究竟何在了。读完报纸，江玫愤愤地说：

"要不要共产主义，是我们自己的事！"

萧素微笑道："你知道共产主义是什么？"

江玫坦率地说："我不知道。不过我想那种生活并不会比现在坏。那时的人，都像你一样——"

萧素又笑道："现在哪里不够好？你吃着大米饭，穿的花布旗袍，还坏么？"

江玫倚在萧素身上，一面想，一面说："这个人吃人的社会，不只在物质上，也在精神上。"她出了一会儿神，又说，"萧素，要知道，我是多么寂寞呵。"

萧素抚着她的肩，说："人生的道路，本来不是平坦的。要和坏人斗争，也要和自己斗争——"以后江玫在最困难的时候，总会想起这几句话。

六月九日，北京学生举行反美扶日大游行，江玫也参加了。

那天早上，窗外还黑得像老鸦的翅膀，江玫就起来收拾医药包，她是救护队的。她看看萧素空了一夜的床，又看看救护包上的红十字，心想萧素这一夜不知忙得怎样了，也许今天就会用这包里的绷带纱布来救护她罢。不知为什么，江玫特别为萧素和几个社团里的同学担心，江玫摸摸碘酒和红药水的药瓶，心中又兴奋，又不安。

"小鸟儿快走呀！"同学在门外叫起来了。

她们跑到操场上，夏天的太阳刚在东柳村那边村庄的屋顶上射出一片红光。萧素正在人丛里，她分明是一夜没有睡，胖胖的面庞有些苍白，但精神还是那样好。她看见江玫和同学们跑来，脸上闪过一个嘉许的微笑：

"江玫！"

"萧素！"江玫悄悄地塞给她一个大苹果，那是齐虹昨天送来的。对于齐虹不断向西楼运来的各式各样的礼物，江玫只偶尔接受一点水果和糖食。

长长的队伍出发了，举着各种标语，沉默地走在郊外的大道上。愈走天愈亮，愈走路愈分明，一个男同学问江玫："药包重吗？我代你拿。"江玫微笑，说："一个兵士的枪，能让人家代他背着吗？"那男同学也微笑，看着她穿着白衬衫蓝长裤红背心的雄赳赳的样子，问："你永远都要做一个兵？"江玫严肃地睁大眼睛，略想了一想，她回答："是的，永远。"

　　队伍七点钟就到了西直门，可是城门关了，进不去。人群中有的喊着："不开城门，决不回校！"有的喊着："大家冲呵，冲进去！"一时群情激昂，人声嘈杂，那些标语牌子忽高忽低地起伏着。萧素在队伍里跑来跑去叫着："别嚷！别乱！已经去交涉了。"江玫忽然很希望自己是一个手执拂尘的仙女，用拂尘一指，城门马上便开——自己这样想想，又觉得好笑，还是等萧素他们交涉，萧素比仙女有用得多。

　　果然，到九点钟时，城门开了，队伍涌进城去，正遇到城里几个大学的同学拥在门前迎接他们。"同学们，你们好！""兄弟们，你们好！"热情的呼声，此起彼落，江玫觉得泪水已冲到了眼睛里，她连忙低下头，看着自己的鞋尖。

　　游行开始了，大家一步步地走着，一声声地喊着。"反对美国扶植日本！""要自由！""要独立！"口号像炸弹一样在空中炸了开来，路旁的有些军警脸上带了惊慌的神色。江玫几乎来不及想喊了些什么，只觉得每一步路每一声喊都使大家更接近光明——

　　队伍走过了西四西单天安门，绕南池子到北京大学的民主广场。走过天安门的时候，江玫望着那宏伟的建筑，心里升起一种怜悯而又惭愧的心情。天安门在不肖的子孙手里，蒙受了多少耻辱。江玫觉得那剥落的红墙也在盼望着：新的社会快点来，让中华民族站起来，让天安门也站起来！

在民主广场举行了群众大会，有几个教授讲演。也许是累了，也许是别的原因，江玟觉得思想很不集中，那种兴奋和激动已经过去了。她惦记着那黄昏笼罩了的初夏的校园，惦记着自己住的西楼，说得更确切些，她是惦记着那在西楼窗下徘徊的那个年轻人。天知道他会急成什么样子，会发多么大的脾气，会做出怎样的事来！她把肩上挎的药包紧了一紧，感觉到一阵头昏。

萧素走过来了，低声问："你不舒服么？"

"没有，一点儿都没有！"江玟连忙振起了精神。自己暗暗责骂自己，在这样的场合，偏会想到他！

大队回到学校时，灯光已经缀满校园。江玟回到房间里，两腿再也抬不起来，像是绑上了两块大石头。这时有人敲门，江玟心中一紧，感到一场风暴就要发生了，她靠在床栏杆上，默默地啜着热水。门开了，进来的是老赵。他的眉头皱得打了结，手里拿着一个破碎的糖盒子，往桌上一放说：

"哎哟江小姐！可真不得了啦！我活了这么大年纪也没见过脾气这么火爆的人！你们这位齐先生别是用公鸡血喂大的吧？他要死了，准得下冰冻地狱把人镇凉了才行，要不然连阎王殿都给烧啦！"

"什么'你们齐先生'？别这么说。他怎么了？你快说呀。"江玟放下了手中的杯子。

"今儿个下午他来找您，我说江小姐游行去了。他一听，就把他带来的这盒糖扔到大门外台阶上了，像是扔球似的！盒子破了，糖都滚了出来，我看这盒糖呀，值一袋面的钱，心里怪舍不得，我说，

167

'齐先生，江小姐不在，你给东西留下得了，干吗发这么大的火呀?'他一听更急了，一张脸煞红煞白，抄起门房的一个茶杯就摔在玻璃窗上，哗啦！你瞧这满地的玻璃渣子！我看他是有点儿疯病！摔完了拔腿就走，还扔在台阶上三百万的票子，那是让我们修玻璃买茶杯? 您说是不是?"

"别说了。"江玫无力地挥手，"就补块玻璃买个茶杯罢。"

"这糖，我看怪可惜了儿的，给您捡了来了。"

"你带回家去，那不是我的，我不要。"

这时萧素已经进来了，把这一段话都听了去。她一回来就洗脸洗脚，都收拾好了就伏在桌上写什么。而江玫还靠在床栏杆上，一动也不动。

萧素停下笔来，"你干什么? 小鸟儿? 你这样会毁了自己的。看出来了没有? 齐虹的灵魂深处是自私残暴和野蛮，干吗要折磨自己? 结束了吧，你那爱情！真的到我们中间来，我们都欢迎你，爱你——"萧素走过来，用两臂围着江玫的肩。

"可是，齐虹——"江玫没有完全明白萧素在说什么。

"什么齐虹！忘掉他！"萧素几乎是生气地喊了起来，"你是个好孩子，好心肠，又聪明能干，可是这爱情会毒死你！忘掉他！答应我！小鸟儿。"

江玫还从没有想到要忘掉齐虹。他不知怎么就闯入了她的生命，她也永不会知道该如何把他赶出去。她迟钝地说："忘掉他——忘掉他——我死了，就自然会忘掉。"

萧素真生她的气："怎么这样说话！好好儿要说到死！我可想活呢，而且要活得有价值！"她说着，颜色有些凄然。

"怎么了？素姐！"细心而体贴的江玫一眼就看出有什么不平常的事。对萧素的关心一下子把她自己的痛苦冲了开去。

萧素望着窗外，想了一会儿，说："危险得很。小鸟儿。我离开你以后，你还是要走我们的路，是不是？千万不要跟着齐虹走，他真会毁了你的。"

"离开我？"江玫一把抱住了萧素。"离开我？为什么！我要跟你在一起！"

"我要毕业了呀，家里要我回湖南去教书。"萧素似真似假地回答。她是湖南人，父亲是个中学教员。

"毕业？"

"是毕业呀。"

可是萧素并没有能毕业，当然也没有回湖南去教书。她去参加毕业考试的最后一项科目，就没有回来。

同学们跑来告诉江玫时，江玫正在为"英国小说选"这一门课写读书报告，读的书是英国女作家艾米莱·勃朗特的《咆哮山庄》。江玫和齐虹常常谈论这本书。齐虹对这本书有那么多精辟的见解，了解得那样透彻，他真该是最懂得人生最热爱人生的，但是竟不然——

萧素被捕的消息一下子就把江玫从《咆哮山庄》里拉出来了。江玫跳起来夺门而出，不顾那精心写作的读书报告撒得满地。好些同学跟她一起跑出了西楼，一直跑到学校门口，只看见一条笔直的马路，空荡荡的，望不到头。路边的洋槐上发散着淡淡的香气。江玫手扶着一棵洋槐树，连声问："在哪儿？在哪儿？"一个同学痛心地说："早装上闷子车，这会子到了警察局了。"江玫觉得天旋地转，两腿再没有一点力气，一下子就坐在地上了。大家都拥上来看她，有的同学过来搀扶她。

"你怎么了？"

"打起精神来，江玫！"

大家叽叽喳喳在说着。是谁愤愤的声音特别响："流血，流泪，逮捕，更教人睁开了眼睛！"

是呀！江玫心里说："逮走一个萧素，会让更多的人都长成萧素。"

江玫弄不清楚人群怎样就散开了，而自己却靠在齐虹的手臂上，缓缓走着。

齐虹对她说："我们系里那些进步同学嚷嚷着江玫晕倒了，我就明白是为了那萧素的缘故，连忙赶来。"

"对了，你们不是一起考高等数学吗？听说她是在课堂上被抓走的。"江玫这时多么希望谈谈萧素。

"是在考试时被抓走的。你看，干那些民主活动，有什么好下场！你还要跟着她跑！我劝你多少次——"

"什么！你说什么！"江玫叫了起来，她那会笑的眼睛射出了火光，"你！你真是没有心肝！"她把齐虹扶着她的手臂用力一推，自己向宿舍跑去了。跑得那么快，好像后面有什么妖魔鬼怪在追着她。

她好容易跑到自己房间，一下子扑在床上，半天喘不过气来。这时齐虹的手又轻轻放在她肩上了。齐虹非常吃惊，他不懂江玫为什么会发这么大的脾气，他曲着一膝伏在床前说：

"我又惹了你吗？玫！我不过忌妒着萧素罢了，你太关心她了。

170

你把我放在什么地方？我常常恨她，真的，我觉得就是她在分开咱们俩——"

"不是她分开我们，是我们自己的道路不一样。"江玫抽咽着说。

"什么？为什么不一样？我们有些看法不同，我们常常吵架，我的脾气，确实不好。不过，那有什么关系，反正我只知道，没有你就不行。我还没有告诉你，玫，我家里因为近来局势紧张，预备搬到美国去，他们要我也到美国去留学。"

"你！到美国去？"江玫猛然坐了起来。

"是的。还有你，玫。我已经和父亲说到了你，虽然你从来都拒绝到我家里去，他们对你都很熟悉。我常给他们看你的相片。"齐虹得意地拿出他随身携带的小皮夹子，那里面装着江玫的一张照片，是齐虹从她家里偷去的。那是江玫十七岁时照的，一双弯弯的充满了笑意的眼睛，还有那深色的嘴唇微微翘起，像是在和谁赌气。"我对他们说，你是一首最美的诗，一支最美的乐曲——"若说起赞美江玫的话来，那是谁也比不上齐虹的。

"不要说了。"江玫辛酸地止住了他，"不管是什么，可不能把你留在你的祖国呵。"

"可是你是要和我一块儿去的，玫，你可以接着念大学，我们要永远在一起，没有任何东西能分开我们。"

"不要说了，不要说了。"这是江玫唯一能说的话。

心上的重压逼得江玫走投无路。她真怕看萧素留下的那张空床，那白被单刺得她眼睛发痛。没有到礼拜六，她就回家去了。那晚正停电，母亲坐在摇曳的烛光下面缝着什么，在阴影里，她显得那样苍老而且衰弱，江玫心里一阵发痛，无声地唤着"心爱的母亲，可怜的母亲"，眼泪不由自主地流了下来。

"玫儿！"母亲丢了手中的活计。

"妈妈！萧素被捉走了。"

"她被捉走了？"母亲对女儿的好朋友是熟悉的。她也深深爱着那坦率纯朴的姑娘，但她对这个消息竟有些漠然，她好像没有知觉似的沉默着，坐在阴影里。

"萧素被捉走了。"江玫又重复了一遍。她眼前仿佛看见一个殷红的圆圆的面孔。

"早想得到呵。"母亲喃喃地说。

江玫把手中的书包扔到桌上，跑过来抱住母亲的两腿。"您知道！"

"我不知道但我想得到。"母亲叹了一口气，用她枯瘦的手遮住自己的脸，停了一下，才说："要知道你的父亲，十五年前，也是这样不明不白地就再没有回来。他从来也没有害过什么肠炎胃炎，只是那些人说他思想有毛病。他脾气倔，不会应酬人，还有些别的什么道理，我不懂，说不明白。他反正没有杀人放火，可我们就这样糊里糊涂地再也看不见他了——"母亲说着，失声痛哭起来。

原来父亲并不是死于什么肠炎！无怪母亲常常说不该有一个人屈死。屈死！父亲正是屈死的！江玫几乎要叫出来。她也放声哭了。母亲抚着她的头，眼泪浇湿了她的头发——

从父亲死后，江玫只看见母亲无言流泪，还从没有看见她这样激动过。衰弱的母亲，心底埋藏了多少悲痛和仇恨！江玫觉得母亲的眼泪滴落在她头上，这眼泪使得她逐渐平静下来了。是的，难道还该要这屈死人的社会么？彷徨挣扎的痛苦离开了她，仿佛有一种大力量支持着她走自己选择的路。她把母亲粗糙的手搁在自己被泪水浸湿的脸颊上，低声唤着："父亲——我的父亲——"

门轻轻开了，烛光把齐虹的修长的影子投在墙上，母亲吃惊地转过头去。江玫知道是齐虹，仍埋着头不作声。齐虹应酬地唤了一声"伯母"，便对江玫说：

"你怎么今天回家来了？我到处找你找不着。"

江玫没有理他，抬头告诉母亲："他要到美国去。"

"是要和江玫一块儿去，伯母。"齐虹抢着加了一句。

"孩子，你会去吗？"母亲用颤抖的手摸着女儿的头。

"您说呢？妈妈！"江玫抱住母亲的双膝，抬起了满是泪痕的脸。

"我放心你。"

"您同意她去了，伯母？"人总是照自己所期待的那样理解别人的话，齐虹惊喜万分地走过来。

"母亲放心我自己做决定。她知道我不会去。"江玫站起来，直望着齐虹那张清秀的象牙色的脸。齐虹浑身上下都滴着水，好像他是游过一条大河来到她家似的。

可是齐虹自己一点不觉得淋湿了，他只看见江玫满脸泪痕，连忙拿出手帕来给她擦，一面说："咱们别再闹别扭了，玫，老吵架，有什么意思？"

"是下雨了吗？"母亲包起她的活计，"你们商量罢，玫儿，记住你的父亲。"

"我不知道下雨了没有。"齐虹心不在焉地回答，他没有看见江玫的母亲已经走出房去，他的眼睛一刻都没有离开江玫。

江玫呆呆地瞪着他，尽他拭去了脸上的泪，叹了一口气，说：

"看来竟不能不分手了。我们的爱情还没有能让我们舍弃自己的一生。"

"我们一定会过得非常舒适而且快活——为什么提到舍弃，为什么提到分手?"齐虹狂热地吻着他最熟悉的那有着粉红色指甲的小手。

"那你留下来!"江玫还是呆呆地看着他。

"我留下来? 我的小姑娘，要我跟着你满街贴标语，到处去游行么? 我们是特殊的人，难道要我丢了我的物理音乐，我的生活方式，跟着什么群众瞎跑一气，扔开智慧，去找愚蠢! 傻心眼的小姑娘，你还根本不懂生活，你再长大一点，就不会这样天真了。"

"傻心眼? 人总还是傻点好!"

"你一定得跟我走!"

"跟你走，什么都扔了。扔开我的祖国，我的道路，扔开我的母亲，还扔开我的父亲!"江玫的声音细若游丝，她自己都听不见自己在说什么。说到父亲两字，她的声音猛然大起来，自己也吃了一惊。

"可是你有我。玫!"齐虹用责备的语气说。他看见江玫眼睛里闪耀一种亮得奇怪的火光，不觉放松了江玫的手。紧接着一阵遏制不住的渴望和激怒，使他抓住了江玫的肩膀。他压低了声音，一字一字地说："我恨不得杀了你! 把你装在棺材里带走!"

江玫回答说："我宁愿听说你死了，不愿知道你活得不像个人。"

风呼啸着，雨滴急速地落着。疾风骤雨，一阵比一阵紧，忽然哗啦一声响，是什么东西摔碎了。齐虹把江玫搂在胸前，借着闪电的惨白的光辉，看见窗外阶上的夹竹桃被风刮到了阶下。江玫心里又是一阵疼痛，她觉得自己的爱情，正像那粉碎了的花盆一样，像那被吹落的花朵一样，永远不能再重新完整起来，永远不能再重新开在枝头。

这种爱情，就像碎玻璃一样割着人。齐虹和江玫，虽然都把话说得那样决绝，却还是形影相随。花池畔，树林中，不断地增添着他们新的足迹。他们也还是不断地争吵，流泪。——

十月里东北局势紧张，解放军排山倒海地压来，解放了好几个城市。当时蒋介石提出的方针是："维持东北，确保华北，肃清华中。"虽然对华北是确保，但华北的"贵人"们还是纷纷南迁，齐虹的家在秋初就全部飞南京转沪赴美了，只有齐虹一个人留在北京。他告诉家里说论文还有点尾巴没写好，拿不到毕业文凭，而实际上，他还在等着江玫回心转意。他根本不相信江玫可能不跟他走。他，齐虹，这样的齐虹，又在发疯地爱着的齐虹！在那执拗的江玫面前，他不止一次想，若真能把她包扎起来带走该有多好！他脸上的神色愈来愈焦愁，紧张，眼神透露着一种凶恶。这些都常在黑夜里震荡着江玫的梦。

江玫的梦现在已不是那种透明的、颜色非常鲜亮的少女的梦了。局势的变化，萧素的被捕，齐虹的爱，以及她自己的复杂的感情，使她多懂了许多事。在抗议"七五"事件（国民党屠杀东北来的青年学生）的游行里，她已经不再当救护队，而打着"反剿民，要活命，要请愿"的大标语走在队伍的前列了。她领头喊着"为死者申冤，为生者请命"的口号，她奇怪自己的声音竟会这样响。她想到，在死者里面有她的父亲；在生者里面有母亲、萧素和她自己。她渴望着把青春贡献给为了整个人类解放的事业，她渴望着生活来一次翻天覆地的变动。

后来据萧素说（萧素在解放后出狱，在广播电台做播音员，向全世界广播北京的声音），那时的地下组织原打算发展江玫参加地下民主青年联盟的，只是她和齐虹的感情，让人闹不清她究竟爱什么，憎恶什么，就搁下来了。江玫听说这话，只轻轻叹了口气。

一九四八年冬天，北京已经到了解放前夕。城里流传着这样的民谣："家家挂红灯，迎接毛泽东。"最沉得住气的反动官员们大亨们都纷纷逃走了。齐虹家里几乎是一天一封电报催他走，并且代他订了飞机座位。那时江玫的中心工作是和同学们一起讨论怎样应"变"，宣传护校。她为即将到来的解放，感到兴奋，好像等待着一件期待已久的亲人的礼物，满怀着感情，幻想解放后的日子。而同时，她和齐虹那注定了的无可挽回的分别啮咬着她的心。她觉得自己的心一面在开着花，同时又在萎缩。

一天，齐虹进城去了，直到晚上还没有露面。江玫坐在图书馆里，一页书也没有看，进来一个人她就抬头，可是直到电灯开了，齐虹还是不见。她忽然想，很可能他已经走了。走了，永远再也见不到他了。可是江玫一定还要再看他一眼，最后一眼！"齐虹！齐虹！"江玫几乎要叫出来，叫得全图书馆都听见。她连忙紧咬着嘴唇，快步走出了图书馆。

那是那一年冬天的第一个下雪天。路上的雪还没有上冻，灯光照在雪花上，闪闪刺人的眼。江玫一直向北楼走去，她想看一看那正对着一棵白杨树梢的窗子，有没有灯光。那个房间她从没有去过，可是那窗口她却十分熟悉。齐虹常对她讲窗口的白杨树叶的沙沙声怎样伴着他度过多少不眠的夜。透过飞舞着的迷乱的雪花，她一下子就找到那棵白杨树，而那白杨树梢的窗口，漆黑一片，没有灯光。

江玫的心沉了下去。她两腿发软，站在北楼前，一动也不动。

也许他从城里回来太累，已经去睡了？也许他还没有回来？江玫快步走进了北楼，走到齐虹的房间，她敲门又推门，门是锁着的。

"难道再见不着他了！真见不着他了！"江玫走出北楼，心里在大声哭泣。她完全没有看见新诗社的一个同学从她身边走过，也没有听见人家在唤着"小鸟儿"。

好容易走到西楼，江玫真是一点力气都没有了。她想找个地方靠一靠再上楼，一眼看见自己房间里有灯光。那房间，自从萧素被抓去以后，是那样空，那样冷，晚上进去总是黑洞洞的。这时竟点着灯，这灯光温暖了江玫，她三步两步跑上去，在门外就叫着"虹！"

果然是齐虹在房间里等她，满脸的焦急使他看上去苍老了许多。他一看见江玫，连忙迎上来握着她的手，疲倦地、也多少有些安心地说："你到底回来了！我以为我再也见不着你了。"

江玫没有回答。她怕自己会把刚才那一番焦急向他倾吐，会让他明白她多离不开他。而他却就要走了，永远地走了。

"明天一早的飞机，今晚就要去机场。"齐虹焦躁地说，"一切都已经定了，怎么样？咱们就得分别么？"

"分别？——永远不能再见你——"江玫看着那耶稣受难的像，她仿佛看见那像后的两粒红豆。

"完全可以不分别，永不分别！玫！只要你说一声同我一道走，我的小姑娘。"

"不行。"

"不行！你就不能为我牺牲一点！你说过只愿意跟我在一起！"

"你自己呢？"江玫的目光这样说。

"我么！我走的路是对的。我绝不能忍受看见我爱的人去过那种什么'人民'的生活！你该跟着我！你知道么！我从来没有这样求过人！玫！你听我说！"

"不行。"

"真的不行么？你就像看见一个临死的人而不肯去救他一样，可他一死去就再也不会活转来了。再也不会活了！走开的人永远也不会再回来。你会后悔的，玫！我的玫！"他摇着江玫的肩，摇得她骨头直响。

"我不后悔。"

齐虹看着她的眼睛，还是那亮得奇怪的火光。他叹了一口气，"好，那么，送我下楼罢。"

江玫温柔地代他系好围巾，拉好了大衣领子，一言不发，送他下楼。

纷飞的雪花在无边的夜里飘荡，夜，是那样静，那样静。他们一出楼门，马上开过来一辆小汽车，从车里跳出一个魁梧的司机。齐虹对司机摇摇手，把江玫领到路灯下，看着她，摇头，说："我原来预备抢你走的。你知道么？你看，我预备了车。飞机票也买好了。不过，我看了出来，那样做，你会恨我一辈子。你会的，不是么？"他拿出一张飞机票，也许他还希望江玫会忽然同意跟他走，迟疑了一下，然后把它撕成几半。碎纸片混在飞舞的雪花中，不见了。"再见！我的玫。我的女诗人！我的女革命家！"他最后几句话，语气非常尖刻。江玫看见他的脸因为痛苦而变了形，他的眼睛红肿，嘴唇出血，脸上充满了烦躁和不安。江玫忽然想起，第一次看见他时，他脸上那种漠不关心，什么都没看见的神气。

江玫想说点什么，但说不出来，好像有千把刀子插在喉头。她心里想："我要撑过这一分钟，无论如何要撑过这一分钟。"她觉得齐虹冰凉的嘴唇落在她的额上，然后汽车响了起来。周围只剩了一片白，天旋地转的白，淹没了一切的白——

她最后对齐虹说的一句话就是"我不后悔"。

江玫果然没有后悔。那时称她革命家是一种讽刺，这时她已经真的成长为一个好的党的工作者了。解放后又渐渐健康起来的母亲骄傲地对人说："她父亲有这样一个女儿，死得也不算冤了。"

雪还在下着。江玫手里握着的红豆已经被泪水滴湿了。

"江玫！小鸟儿！"老赵在外面喊着，"有多少人来看你啦！史书记，老马，郑先生，王同志，还有小耗子——"

一阵笑语声打断了老赵不伦不类的通报。江玫刚流过泪的眼睛早已又充满了笑意。她把红豆和盒子放在一旁，从床边站了起来。

一九五六年十二月

选自《人民文学》1957 年第 7 期

作家的话 ◇◇

我自己在写作时遵循两个字，一曰"诚"，一曰"雅"。这是金代诗人元好问的诗歌理论，郭绍虞先生总结为"诚乃诗之本，雅为诗之品"，文艺之本是真诚，我常说，没有真性情，写不出好文章。只是要做到"诚"，并不容易，需要有勇气正视生活，有见识认识生活，要有自己的人格力量来驾驭生活，需要很多条件。"雅"便是文章的艺术性，作品要能耐读，反复咀嚼，愈看愈有味道，要做到这一点，除了基本修养外，只有一个苦拙的法子，就是改，不厌其烦地改。

《又古典又现代》

评论家的话 ◈

宗璞处理这类题材，总是把她所写的爱情、家庭生活与一定的社会、时代背景紧密相连。她不喜欢外人撞入她心爱人物的内心隐秘角落，她这样做，并不是让她们陷于自我陶醉或顾影自怜，而是让她们用自己的力量解决个人生活道路上的难题。

是的，人在漫长的生活道路上，总要不断经过十字路口，这十字路口有大的，也有小的，有决定终身道路的，也有影响部分命运的，但不论大小，都必须经过痛苦的斗争才能做出自己的决定。既需要"抉择"，就是不能两全而有所"牺牲"。宗璞从这里就引出了一个带哲理性的问题：人生难免有所欠缺、不足或遗憾，至善至美的境地是没有的。也许有人认为这种想法消极了一些，其实不然，这是符合辩证法精神的，人类的历史是向至善至美发展的过程，至善至美是人类追求的终极理想，这种理想推动着人类朝向这个目标不断前进，而这个前进是没有止境的。在现实世界里，无论是社会，还是家庭、个人爱情，所谓完美都是相对而言的。而越是有理想的人，往往会有更多的追求，会感到更多的不足。以宗璞所触及的家庭与婚姻中的矛盾而言，所谓妥善的解决，也只能是根据当时的现实条件做出比较合理的决定。宗璞的主人公在这种"抉择"中，往往是照顾别人、考虑社会、尊重自己。应该说，对于踯躅在这种十字路口的人，宗璞倒不赞同他（她）们低回不已，而是尽力为他（她）们下决断时增添积极的力量。她赖以"抉择"的准绳，既有中国传统道德观念中健康的那一部分，又严格恪守了我们今天的社会主义——新旧交替的过渡时期开始阶段的——人与人关系的准则。因此，她的描写不仅没有消极作用，而且能够提高人的思想境界、净化人的灵魂。

李子云：《净化人的心灵》

梁 斌

◈ 杀 猪（《红旗谱》节选）

　　梁斌，原名梁维周，1914 年生于河北省蠡县，1930 年进保定省立第二师范学习，1932 年参加省二师"七·六"学潮。1934 年以两年前家乡著名的"高蠡暴动"为题材，创作处女作小说《夜之交流》。1942 年后连续创作小说《三个布尔什维克的爸爸》和《父亲》等。1953 年，在以上作品的基础上开始构思创作《红旗谱》，1957 年出版。1963 年出版《红旗谱》第二部《播火记》。1983 年，在几经周折后，《红旗谱》第三部《烽烟图》出版。1996 年病故于天津。

　　《红旗谱》于 1957 年由中国青年出版社出版。以 20 世纪二三十年代的中国北方农村为背景，塑造了三代农民的英雄形象。劣绅冯兰池为了独吞公产，企图砸毁嘉靖年间滹沱河畔锁井镇周围 48 村的农民为修桥补堤集资购地而作为凭证铸造的铜钟。长工朱老巩挺身而出，大闹柳树林，失败后朱老巩吐血而亡，儿子弃家逃亡。三十年后，当年只身闯关东的朱老忠（朱老巩的儿子）携妻子和两个儿子回到故乡锁井镇，以智谋和胆量，成了穷哥们儿的主心骨，与冯兰池展开了一系列的斗争。下一代农民大贵、二贵、江涛、运涛等在更广阔的阶级斗争背景下迅速成长起来。小说以在地下共产党员贾湘农等领导下在锁井镇发动农民开展"反割头税"运动，并取得了初步胜利而结束。作品以中国传统小说的白描手法取胜，通过简洁的人物对话和生动的风俗描写，栩栩如生地表现出人物的性格。本书节选小说的第三十二章。标题为编者所加。

春兰站在街口上，看江涛和严萍走远，擦了擦眼睛，心里说："他们有多好哩！运涛要是回来了……"看着他俩走远，她才慢慢走回来，老驴头问："那起子人们，是干什么的？"春兰说："是反割头税的。"老驴头唔唔哝哝地说："割头税，杀过年猪也拿税，这算什么世道儿？"

刚才朱全富老头说，老驴头还没有注意。他见到这么多人吵吵嚷嚷，呼噜喊叫的，嚷着反割头税的事，可就动了心了。他从去年买了一只小猪娃，为了省钱，这猪娃离开娘早几天，才买的时候只有猫儿那么大。吃饭的时候，他少吃半碗，也得叫小猪娃吃。晚上小猪娃冻得叫声惨人心，他又从炕上起来，披上棉袄，把它抱到热炕头上。等猪娃大点了，才叫它吃青草瓜皮什么的。到了今年冬天，又喂了它好几布袋红山药，这才胖胖大大的像只猪了，看看猪肉快到嘴头上，又……不，他倒没想到吃猪肉，他想把它杀了，只把红白下水什么的吃了，把肉卖出去，得一笔钱，当作一年的花销。听说要拿割头税，他还闹不清是怎么回子事，心上乱嘀咕，说什么也安不住心了。卖了几斤白菜、几捆葱，就叫春兰拾掇上担子，挑着走回来。

老驴头走到家，也没进屋，就走到猪圈跟前。那只猪正在窝里睡着，他拿柳杆子把它捅起来，才慢搭搭地走到食槽前，拱着槽要食儿吃。他伸手拍了拍猪脊梁，猪以为老驴头又要给它篦虱子，伸开腿躺下来。他摸了摸那猪的鬃，有三四寸长，猪毛也有二寸多长，

184

油亮亮的，像黑缎子一般。猪抬起头，要老驴头篦脊梁，老驴头不篦，它就在木槽上蹭起来。

老驴头踏着脚，响着舌尖，实在舍不得这一身猪鬃猪毛。又捏了捏猪脊梁，看肉儿厚实上来，也该杀了。他又走回屋里去，对春兰说："你合计合计，一只猪的税顶多少粮食？"

春兰转着眼睛思摸了一会，说："也值个两三小斗粮食。"

老驴头说："要买几口袋山药啊，我不能平白给了他们这两三小斗粮食。"

春兰说："那也没有法儿，人家要哩！"

老驴头的脸上立刻阴沉起来，胡子翘了老高，他舍不得这只猪。一年来他和这猪有了感情。更舍不得这一身猪鬃猪毛。心里想着，走出大门，去找老套子。走到老套子门口，一掀蒿荐，老套子坐在地上烤火，见老驴头走进来，说："来，老伙计，烤烤火吧！"

老驴头说："你这算是到了佛堂里，冬天没有活儿做，还烤着个小火儿。"

老套子说："咳！冷死人了，拾把柴火都伸不出手去！"

老驴头说："腊月里的花子赛如马嘛！"又说，"我心里有件遭难事，想跟你商量商量。"

老套子说："商量商量吧！咱俩心思对心思，脾气对脾气。"真的，他俩自小就好得不行，好像秤杆不离秤锤。

老驴头说："街上又出了一宗割头税，杀一只猪要一块七毛钱，还要猪鬃、猪毛、猪尾巴大肠头。我那只猪呀，今年冬天才喂了两口袋山药，肉儿厚厚的，脊梁上的鬃，黑丢溜的，有三四寸长。哎呀！我舍不得。"

老套子说："我也听得说了，哪，舍不得也不行，官法不容情呀！人家要嘛，咱就得给，不给人家行吗？"

老驴头说："一只猪的税，值二三小斗粮食。我要是有这二三小斗粮食，再掺上点糠糠菜菜的，一家子能过一冬天，眼看平白无故被他们拿去。不，这等于是他们砸明火，路劫！他们要抢我二三小斗粮食！"他火呛呛地说着，鼻涕眼泪顺着下巴流下来。

老套子同情地说："可不是嘛，可有什么法子，这年头！"

老驴头气愤地伸出两个拳头，一碰一碰地说："不，我不给他们。割了我的脖子，把我脑袋扔在地上当球踢，我也不给他们！"

老套子说："行吗？不给人家行吗？大小是'官下'儿，那不是犯法？"

老驴头说："我不管那个，我不能平白丢了这二三小斗粮食。"

他一边说着，拔脚就走出来，抱着两条胳膊，趔着脑袋走回家里。二话不说，从案板上扯起菜刀，就在石头上磨起来。磨一会子，伸开大拇手指头试着刀刃儿。把刀磨快了，又叫春兰："春兰！春兰！"

春兰问："干什么？"

老驴头说："来，绑猪。"

春兰问："上集去卖吗？"

老驴头说："什么上集去卖，我自己杀！"

春兰说："不是说，今年不许私安杀猪锅吗？"

老驴头把长脑袋一不棱，哼哼唧唧地说："……不管他！"说着，拿了绳子，直向猪圈走去。

春兰连忙赶上，把嘴唇对准老驴头的耳朵，说："听见叫声，人家要不干哩!"

老驴头猛地醒悟过来,看了春兰一眼,想:"可也就是,猪是会叫的,叫得还很响。"他又走回来,拿出一条破棉被,向春兰打了个手势说:"这么一下子,把猪脑袋整个儿捂上。"

春兰也打了个手势说:"把猪嘴使被子堵上。"

老驴头笑了笑,说:"来!"他跳过猪圈墙,伸手在猪脊梁上挠着,那猪一伸腿倒在地上,眯眯着眼睛哼哼着。春兰也跳过去。老驴头挠挠猪脊梁,又挠挠猪胳肢窝。猪正合着眼过痒痒劲儿,老驴头冷不丁把被子捂在猪身上。腿膝盖在猪脖子上使劲一跪,两只手卡住猪拱嘴。

那猪只是哼哼,连一声也叫不出来了,四条腿乱蹬打。老驴头说:"春兰! 忙绑,绑!"

春兰两只手,又细又长。一上手儿,那猪伸腿一弹,就弹到一边去,弹得她斤斗趔趄。老驴头和猪支架着,着急说:"春兰! 上手! 上手!"

春兰学着老驴头,两腿跪在猪脊梁上,攥住猪的腿,的零哆嗦地强扭到一块,用绳子绑上,绑上后腿,又绑上前腿。那猪气性真大,它还使劲挣扎。累得春兰呼呼哧哧的,喘不上气来。

老驴头问:"这怎么办?"

春兰问:"什么?"

老驴头说:"它要叫哩!"

春兰跑到屋里,找了一堆烂棉花套子来,塞进猪嘴里。又使小木棍向猪嗓子眼里挺了挺,直塞得满满的,再使绳子把猪拱嘴缯结实。老驴头把手一撒,那猪前后脚支撑了几下,哼哼着,再也叫不出来。

老驴头两只手挑起那床破棉被抖了抖，一看，叫猪刨烂了好几大片，露出棉花套子来。他可惜得挤眉皱眼，哆弄着棉被，摇了半天脑袋。刚把猪绑上，仄起耳朵听得街上有人敲门。他走到大门上，隔着门缝一看，是老套子。把门开了，让老套子走到屋里，坐在炕沿上。天气冷，老套子抄着两只手，搂在怀里，把脖子缩在破皮帽子底下，说："我听你的话口儿，是想逃避猪税？"

老驴头说："我想自个儿偷着杀了，不叫他们知道。"

老套子说："我怕你走了这条道儿，才找了你来。咱俩自小里在一块拾柴拾粪，扛小活儿，有多少年的交情。我跟你说句老实话，要知道'官法如炉'啊，烧炼不得！咱庄稼人以守法为本，不能办这越法的事。"

老驴头说："不，我不能叫这二三小斗粮食插翅飞了。"

老套子说："我听得人们说，包税的总头目是冯老兰，包咱镇上税的是刘二卯和李德才。这两个人就是冯家大院里的打手，你惹得起吗？"

说到这刻上，老驴头可就犯了嘀咕，闭上嘴不再说什么。老套子说："依我说，你忍了这个肚里疼吧！二三小斗粮食，要是他们把你弄到'官店'里去，花二三十斗的钱还不止哩！"

老驴头抄着手，点了几下头，说："哼！我喂这只猪可不是容易呀，它吃了我几口袋山药才长胖。人家养猪，是为吃肉香香嘴，我是想把它卖了，明年过春荒。他们又想从这猪身上抽一腿肉走……"

老套子看他紧皱眉峰，心上实在难受，就说："这么着吧！咱镇上朱老忠和朱老明他们要反割头税，闹得多么凶！看他们闹好了，他们不拿，咱也别拿。他们要是拿呢，咱就得赶快送过去，可别落在人家后头。"

说到这里，老驴头一下子笑出来，说："哪！咱看看再说？"

春兰家猪没杀，可是天天听得猪叫的声音。黎明的时候，有人把猪装在车上，叫牲口拉着车在院里跑，故意让它叫，而且叫得很响。然后，老头老婆们站在门口，喧嚷上集卖猪去，被猪叫惊了车了，然后偷偷地把猪藏起来，暗自杀了。

看看离年傍近了，过年的气氛更加浓厚起来；家家碾米磨面，扫房做豆腐。春兰正跟娘剁干菜，蒸大饺子。冷不丁地听得街上响起一阵锣声，想是为了割头税的事，她说："娘！我到街上去看看，干什么敲锣呢？"娘说："为了这只脏猪，也费这么大的心，你去吧！"

春兰走到街上一看，刘二卯正在小十字街上敲锣，粗着脖子红着脸，敞开嗓子大喊："我花钱包了镇上的割头税，不许私安杀猪锅。谁家要想杀猪，抬到我家里来，给你们刮洗得干干净净。不要多不要少，要你大洋一块零七毛，外带猪鬃、猪毛、猪尾巴大肠头……"

春兰看了一下，连忙跑回来。娘问她："怎么的？"春兰说："刘二卯在街上嚷人们，可幸咱没把猪杀了，怎么惹得起人家？你看那个横劲儿，黑煞神呀似的。听说他家里安上了大杀猪锅，钩子、梃杖在一边放着，就是没有人抬猪去。"

刘二卯在街上一敲锣，严志和、伍老拔、朱老星，上大严村、小严村、大刘庄、小刘庄，通知反割头税的人们："快安杀猪锅！"第二天，朱大贵也在门前安了杀猪锅，朱老明挂上拐杖挨门串户，从这家走到那家，说："要杀猪上大贵那儿，不要大洋一块零七毛，不要猪鬃，不要猪毛，也不要猪尾巴大肠头，光拿两捆烧水的秫秸就行了。"全村说遍了。走到老驴头门前，碰上春兰，说："闺女！把你们那猪抬到大贵那里去吧，白给你们杀，连秫秸甭拿。"

春兰说："唔！我去看看。"她跑到街口上一看，杀猪锅安在大贵家小槐树底下，朱老忠烧锅，大贵掌刀。伍老拔、朱老星，在一旁帮着。每年年前，杀猪宰羊是个喜兴事，二贵、伍顺、庆儿，都来帮手，一群孩子打打闹闹，在一边看热闹。

大贵穿着紧身短袄，腰里系着条小裰包，把袖子揎到胳膊肘上，两只手把猪一提，放在条案上，左手攥住猪拱嘴，右手拍拍猪脖子上的土，把毛撮干净。手疾眼快，刀尖从猪脖子上对准心尖，扑哧地往里一攮，血水顺着刀子流下来，像条鲜红的带子。扑着盆底上的红秫黍面，溅起红色的泡沫。大贵看血流尽了，用刀在猪腿上拉了个小口，把梃杖伸到小口里挺了挺，猫下腰把嘴对着小口，吹得滚瓜儿圆。然后几个人把猪抬起来，泡在热水里。人们一齐下手，把毛刮净，把白猪条挂在梯子上，用水冲洗得干干净净。

伍老拔笑咧咧地说："来，先开冯老兰的膛。"

大贵手里拿着刀子，比画着说："先开狗日的膛！"说着，从猪肚子上一刀拉下来，又描了一刀，心肝五脏，血糊淋淋流出来。

伍老拔说："摘他的心，看看他的心是黑的是红的？"

大贵把两只手伸进膛里，摘下心来，一窝黑色的瘀血顺着刀口流下来。他说："嘿！是黑的。"

伍老拔笑了笑，说："早知道狗日的心是黑的，放大利钱收高租，不干一点人事儿！"

朱老星听得说，一步一步走过来，笑眯眯地说："那可是真的！听说过去'大清律'上都有过，'放账的，放过三分当贼论！'如今他们连这个都不管了，只是一股劲长利息，刮了人们的骨头，又抽人们的筋！"

伍老拔说："甭说了，摘他的肝吧，看看有牛黄没有？"

朱老星笑了说："嘿嘿！你算了吧，猪黄长在尿泡里，是一种贵重的药材。"

伍老拔看大贵摘下肝，又摘肠胃，说："来！他不叫咱好受，咱捋他的肠子，看他肚子疼不疼！"说着，朱老忠、朱老明、朱老星……一群人都咭咭地笑了。

大贵把大肠、小肠、肚、肝、五脏，一样一样地用麻绳儿拴了，挂在墙上。伍老拔笑笑说："看！大贵多会给咱穷人办事！"

一会儿，江涛背着粪筐，慢慢走过来。他到各村检查工作，转悠到大贵这口锅上一看，不由得心里高兴起来，拍着大贵的肩膀说："大哥！是这么办，多给咱穷人办点好事。"

大贵得意地把两只黑眼珠瞪得圆圆，滴溜地靠在鼻梁上，伸出大拇指头，说："只要兄弟肯领头儿，咱们跟着，手艺和力气是随身带着的。"

一群姑娘，站在街口上看杀猪。春兰站在人群里看着大贵，从背后看，像个大汉子。正面一看，是个大眼睛、红脸膛、宽肩膀、圆身腰的小伙子。身子骨像是铁打成的、钢铸成的一样：叉开腿一晃肩膀，浑身是力气。春兰看见这个小伙子，在众人面前很受尊重，心上深深受了感动，想："怪不得说……"

伍老拔离远看见姑娘们咭咭呱呱，又说又笑，实在高兴。悄悄地拔了根秫秸秆，在血盆里挑起一大团血泡泡，跑过去说："姑娘们！来，要过年了，给你们头上插上朵石榴花儿。"说着，就要插在个儿最高，脸儿黑黑的春兰头上，吓得姑娘们笑着散开了。

春兰一面笑着跑回家去，碰面看见老驴头。她说："爹！咱也把猪抬到大贵他们那儿去杀吧，跟大伙在一块，心上有多么仗义！"

老驴头说："嗯！人们都抬到他们那锅上去了？"

春兰说："唔！抬到那里去的猪可多哩，直杀了一天一夜，还没杀完呢。"

老驴头说："走，咱也抬去。"

两个人重又把猪绑上，找了根木杠子抬起来。一出门老驴头想起大贵和春兰的事，虽然还没定亲，可也有人提过了。要是成了亲的话，大贵将来还是自家门里的女婿。把猪抬了去，大贵就得和春兰见面，为了杀猪，或许他俩还要在一块儿待半天。他又想到春兰和运涛的事，心里想："不好！不好！男女授受不亲！"他说："不，咱不抬到大贵那口锅上去。"

春兰问："抬到哪儿去？"

老驴头说："咱抬到刘二卯他们那口锅上去。"

春兰说："不，爹！刘二卯那里要猪鬃猪毛……一块七毛钱哩！再说，他和民众们为敌……"

她这么一说，老驴头又想起来，说："回去，回去，咱先抬回去，想想再说！"

两个人重又把猪抬回院里，春兰问："怎么，不杀了？"老驴头说："杀是要杀，得叫我想一想，怎么杀法儿。"他在院子里走来走去，转悠了半天，才说："哎！咱晚上偷偷把它杀了吧！"春兰说：

"咱哪里会杀猪哩？又没有那带尖儿的刀子。"老驴头说，"切菜刀也能杀死！拿杠子打也能打死！"春兰看着老驴头那个认死理的样子暗笑，不再说什么。

老驴头又去找老套子，他跟老套子一说，老套子晃了半天脑袋，思忖了半天，才同意偷偷地把猪杀了，他也要来帮忙。那天晚上吃过饭，老驴头叫春兰娘烧了一锅汤。等老套子来了，搬了个板凳放在堂屋里。板凳挺窄，猪一放上去，得有人扶着。不的话，猪一动就要掉下来。

老驴头嘴上叼着切菜刀，左脚把猪耳朵蹬在板凳上，左手攥住猪拱嘴。右手拿下菜刀，说："吭！摁结实，我要开杀！"

老套子用右脚把猪尾巴蹬在板凳上，一手攥住前蹄，一手拉住后蹄，使劲向后拉着，说："开杀吧！"当他一眼看见老驴头手上拿的是菜刀，就问："哪，能行吗？"

老驴头说："行！"

老套子见他很有自信，也没说什么。老驴头把切菜刀在猪脖子上比试了比试。他没亲眼看过杀猪，只是见过杀羊、杀牛。杀羊杀牛都是横着用刀子把脖项一抹，血就流出来，他憋足了劲，把刀放在猪脖子上向下一切。那猪一感觉到剧烈的疼痛，四只蹄子一蹬跶，浑身一曲连，冷不丁地一下子挣脱了老驴头和老套子的手。向上一窜，一下子碰在老驴头的脸上，把他的鼻子碰破了，流出血来。向后一个仰巴跤，咕咚地倒在地上。老套子伸开两只手向前一扑，那猪见有人来扑它，两条后腿向上一蹦，把老套子碰了个侧不棱，窜到房顶上。向下一落，一下子落在汤锅里，溅起满屋子汤水横流，溅了春兰娘一身。锅里水热，烫得猪吱喽地叫了一下子，跳出来带着满身的血水，在屋里跑来跑去，把家伙桌子碰翻了，盆、罐、碗、碟，打了个一干二净。又纵身一跳，窜上炕去，吓得春兰娘哇的一声。那猪直向窗格棂碰过去，咔嚓一声，把窗棂碰断，跳下窗台去。趷趷蹴蹴地满院子乱窜。

老驴头带着满脸鼻血，从地上扶起老套子，两个人又去赶那只猪。猪带着血红的刀口，流着血水，睁着红眼睛，盯着老驴头。它这会儿明白过来，老驴头不再把它抱到炕头上，不再一瓢一瓢地喂它山药，不再给它篦虱子，要拿刀杀它。它只要一见到人，就张开大嘴，露出獠牙，没命地乱咬。见到老驴头和老套子赶上去，它照准了老驴头的腿裆，趷趷地窜过去。老驴头两手向前一扑，扑了个空，一跤跌翻在地上。老套子左扑一下，右扑一下，也扑不住。那猪一直向街门窜去，本来那街门关得不紧，留着一道缝。那猪向门缝一钻，咕哒地把两扇门碰翻，掉在地上。那猪一出门口，就像出了笼子的鸟儿，吱喽怪叫着窜跑了。老驴头和老套子，撒开腿赶上去。他们上了几岁年纪，腿脚不灵便了，再也赶不上带着创伤的猪。

两个老头找遍了全村的苇塘和厕所，找遍了村郊的坟茔，还是找不到。老套子回家吃饭去了，老驴头直到夜深，才一个人慢吞吞地拐着腿走回来。说："春兰！春兰！这可怎么办？咱的猪也找不见了！"

春兰说："我说抬到大贵那里去，你非自个儿杀，你可什么时候学会杀猪哩？"

老驴头说："说也晚了，想想怎办吧！"他坐在炕沿上，丧气败打地喘着气，也说不上话来。

猪把窗棂碰断，春兰娘把一团破衣裳挡上去，挡也挡不严，腊

194

月的风刮进来，屋里很冷，冻得老驴头身上直打寒战。

春兰说："那可怎么办哩？老套子大伯哪里是办事的人？和大家合伙一块办事有多么好，孤树不成林，孤孤零零地一个人，哪里能办好了事？你去找个明白人请教请教！"

老驴头说："找个明白人，可去找谁呢？"

春兰说："你去找忠大叔，那人走南闯北，心明眼亮，办事干练，能说也能行！"

离年近了，家家准备过年的吃喝。老驴头找不到猪，也没钱办年货。春兰噘起嘴，搬动伶俐的口齿，批评说："不会杀猪，强要自个儿杀。手指头有房梁粗，还会杀猪哩……"老驴头坐在炕沿上，把两只手掌搂在怀里，合着眼睛闭着嘴，什么也不说，合上眼挨春兰的数落。实在耐不过了，就说："甭说了吧，你愿找朱老忠，你去找他吧！"

春兰一听，笑了笑，洗了个手脸，穿上个才洗过的褂子，扭身往街上走。一进大贵家门，正碰上朱老忠。问她："闺女，你来干什么？"

春兰说："我爹把个猪跑了，求求你佬，设个法儿找回来。"

两个人说着，走到屋里。贵他娘一见春兰，满脸笑着，走上来问："春兰！今日格什么风儿把你吹到俺家来？"

春兰腾地红了脸，笑着把老驴头和老套子杀猪，走失了猪的事情说了。朱老忠和贵他娘一听，猫下腰笑了一会子。贵他娘说："你可不早说，隔晌隔夜了，这猪要是跑出村，叫人家逮了去，可是怎么过年？"

春兰一时着急，跺着脚说："那可怎么办哩？"

朱老忠又笑了说："咳！可怜的人们，我给你出个主意吧！"

朱老忠求人写了几个红帖："兹走失黑猪一只，脖子上带有刀口，诸亲好友知其下落者，通个信息，定有厚报。"叫二贵、伍顺、庆儿、大贵，到各村镇、各个地方张贴去找。寻了一天，还是寻不着踪影。天晚了大贵才回来，他为这只猪，一直走了几个村子，把腿肚子都走痛了。贵他娘噗地笑了，说："把腿肚子走痛了，也值得呀！"

大贵睁着大眼睛问："怎么的？娘！"

贵他娘说："早晚你就知道。"

朱老忠也笑笑说："好啊！大贵要是认可了，反割头税胜利，又过年又娶媳妇，三桩喜事一块办。"

大贵一听，猜到春兰身上，一下子从心上笑到脸上，热辣辣的起来，说："哈哈！我可不行，先给二贵吧，二贵也快该娶媳妇了。"

贵他娘："别说了，先给你娶。"

大贵说："咱这三间土坯窝窝，把人家春兰娶在哪儿？"

朱老忠说："那也不要紧，明年一开春，咱再脱坯盖上两间小西屋。"可是，一说到这"倒装门"上，大贵横竖不干。他说："春兰！人家算是没有挑剔，咱就是不干这'倒装门'。听说得先给人家铺下文书，写上'小子无能，随妻改姓……'不干，她算是个天仙女儿，她有千顷园子万顷地，咱也不去。"

二贵笑了说："坏了，这可堵住我的嘴了，我要再说春兰好，算是我多嫌哥哥。"

朱老忠说："咱这是一家子插着门说笑话，运涛还在狱里，咱能那么办？"说着，他又抬起头呆了半天，沉思着："哎呀！那孩子在监狱里，转眼一年多了！"当他一想到无期徒刑，脸上又黯然失色。

这时候满屋子沉寂，一家四口不约而同地想起运涛。他们都和运涛一块待过，都知道他的人品行事儿。一想起他要在黑暗的监狱里度过一生，止不住浑身热烘烘地难过起来。

大贵自小里跟着朱老忠受苦惯了，在军队上当新兵，操课更紧。虽然是二十多岁的小伙子，他还没有、也不敢想到娶媳妇的事。有时他和姑娘们走个碰头，也只是把下巴朝天，或是扭着头走过去。因为日子过得急窄，他好像不愿看到红的花、绿的叶，不敢看见少女们摇摆的身姿，花朵一样的脸庞，闪光的眼瞳。他像是埋在土里过日子，今天一提到春兰的事，他的心再也在土里埋不住了。像二月里第一声春雷，轰隆隆地敲击着他的胸膛。浑身脉搏跳动不安，像在呼唤："你起来吧！别再沉睡了！"

那天晚上，大贵把脑袋搁在枕上，翻来覆去，说什么也睡不着觉。他又想起那年抓了兵，临走的时候，还对运涛说过："……希望我回来能见到你！"可是他回来了，运涛却住了监狱，朋友们再也见不到面了。一想起运涛，又想起春兰。她的命运有多么不好！为了运涛，他想应该替春兰把这只猪找到。要是找不到，他们怎么过得去年呢？春兰心上不知多么难过。他越想心上越是烦躁起来，听得人们都睡着，他又穿上衣服，开门走出来，再轻轻把门关上。

刚出门的时候，天还黑着，出了大门，向南一拐，通过大柳树林子，上了千里堤，月亮从云彩缝里闪出光来。辉煌的光带，像雨注在喷洒，照得雪地上明亮亮的。他想为了这只猪，围村什么地方都找遍了，就是这河滩上还没有去找。他又踏着雪走下堤岸，沿着堤根走了一截路，再向南去，走在铺着雪的河滩上。河滩上的雪，被大风旋绞得一坨一坨的。有的地方，光光的没有一点雪，有的地方，雪却堆得很高很高。大贵踏上去，一下子就陷进大腿深，他又使劲拔出腿来，深一脚浅一脚地走着，身上热了，出起汗来。在河滩上站了一刻，月亮照得像白昼一样。他觉得累了，掏出小烟袋，划个火抽着烟，这时他的脑子里，又想起运涛和春兰。

抽完那袋烟，刚站起来，想走到冰上去。看见一个黑东西，踏着河坡和冰河连接的地方走过来。像是一只狼，可是走得很慢，又像是一只狗。他蹲下去，想等这狗走过来的时候，吓它一下。那家伙走近了，嘴里直哼哼，拱着雪呷着嘴吃东西，是一只猪。他身上猛地颤抖了一下，想："一定是春兰家那只猪。"他拍了一下胸脯，高兴起来，喜得心上直跳。等那只猪走近了，他猛地纵起身来，抽冷子一个箭步赶过去。那只猪一见有人扑它，瞪起红眼睛盯着，支绷起耳朵，翘起尾巴，张开嘴，露出大长牙，哺呵哺地一动也不动。大贵看它的样子，怕它跑掉，也不敢立时下手。慢慢向前蹭了一步，那只猪四条腿向前一窜，一下子碰得大贵趔趄了一下子，跌在地上。大贵伸开两条腿向上一拧，一个鲤鱼打挺，啪地戳起身子来就赶。

自从闹起反割头税运动，人们为了避猪税，把猪藏在囤圈里，或是柴火棚子里。可是猪是活的，它会在黑夜里跑掉，因此雪地上跑着不少没有主的猪。这只猪自从离开老驴头，饿久了，也瘦了，身腰灵便了，跑跳起来像只狗。猪在头里跑，大贵在后头追。这只猪也许被别人追过了，有了经验，一碰上雪垄，后腿一弹就窜过去，大贵得在深雪里踏好几步，可是它始终也拉不下大贵五步远。

大贵和这只猪，在河滩里，从东到西，从南到北，竞赛了吃顿饭的工夫。大贵喘起气来，累得支持不住了。憋了一股劲，窜了几步，向前抓了一把，又抓滑了。又挥起胳膊紧捞了一把，又抓滑了，只捞住一条猪尾巴，那只猪吱吱叫起来。大贵伸手攥住猪的后腿，那猪用力一蹬趷，像要腾空飞跃。大贵向前一蹾，到了一片冰地，又开腿把猪抢起来，啪呀啪地，在地上摔了两过子，摔得那猪再也不蹬趷了。大贵伸手在猪脖子底下一摸，带着刀口，正是春兰家那只猪。心里不由得笑起来，高兴极了，想：猪找到了，春兰他们可以过个安生年了！

大贵喘着气歇了一下，把猪扛在脊梁上，走了回来，到春兰家门前，敲了两下门，心上还突突直跳。也不知道是什么原因，叫门的声音并不大，就听得春兰家屋门一响，春兰踏着轻轻的脚步走出来。到了门前，问："是谁敲门?"大贵说："是我。"春兰一听，像是大贵，憨声憨气的，就待住手不开门。焦急地问了一声："是谁?大贵?"春兰不知说什么好，她害起怕来，心上战栗说："深更半夜，你来干什么?"

大贵说："你开门吧!"

春兰说："不能，说不明白不能开门!"

大贵说："你开开门就知道了。"

春兰说："不，不能……叫街坊四邻知道了，多么不好!"后头这句话，只说了一半，没有说出口来。

大贵一下子笑出来，说："春兰! 我给你找到那只猪了。"

春兰一听，啪啪地把门开开，说："嘿嘿! 这才过意不去哩!"

大贵伸开膀子，要把猪递给她。春兰一试，实在沉重，直压得弯下腰抬不起来，着急地说："不行! 不行!"大贵把猪扔在地上，拍了拍身上的雪说："你搬回去吧。"

春兰笑了说:"救人救到底,送人送到家,你给俺搬进屋来吧!"

大贵挪动脚步说:"不,这黑更半夜的……"他说着,扭头就向回走。春兰走上去拽住他,说:"俺爹娘老了,搬也搬不动,这有百八十斤。"

大贵呆了一会,说:"好!"伸手又把猪扛在肩上,通通地走进屋子去。

春兰先进屋,点了个灯亮儿,说:"爹!大贵给咱把猪找到了!"

老驴头怔了一下,说:"什么?"他从被窝筒里伸出毛氄氄的脑袋,看见大贵扛进猪来,放在柜橱上,张开胡子嘴,呵呵地笑着。

春兰娘问:"是大贵?"

老驴头说:"活该咱不破财,这才叫人不落意哩!"急忙穿上棉袄,转过身来对大贵说:"咱也赞成你们这个反割头税了!"

大贵说:"当然要反他们,房税地捐拿够了,又要割头税。他们吃肉,就不叫咱喝点肉汤!"

老驴头说:"那我可知道,就说冯老兰吧,他一天吃一顿饺子,吃咸菜还泡着半碗香油。"

大贵说:"天晚了,你们安歇吧!"他迈开大步走出来,老驴头说:"春兰!忙送你大哥。"春兰送大贵走到门口,才说搬动两扇门关上,又探出身来说:"你慢走,俺就不谢谢你啦!"

大贵回头笑了笑,说:"谢什么,咱又不是外人。"

春兰笑吟吟地说:"那倒是真的!"这句话还没说完,她看见前边墙根底下,黑乎乎地站着一个人。又问:"大贵!你看那是个人?"

大贵趁着眼睛看了看,说:"许是个人。"又回过头来说:"春兰!你回去吧!"

春兰说："天道黑，你慢走！"

大贵说："好说，谢谢你！"

选自《红旗谱》

中国青年出版社 1957 年版

作家的话 ◈

在我写《红旗谱》时有一点是明确的，就是人物必须扎根于现实，然后大胆地尽可能用联想去加强和提高。……另外，在塑造人物上还有这样的体会：旧的人物好写，新的人物不好写；反面人物好写，正面人物不好写。

想要完成一部有民族气魄的小说，我首先想到的是要做到深入地反映一个地区的人民的生活。地方色彩浓厚，就会透露民族气魄，为了加强地方色彩，我曾特别注意一个地区的民俗。我认为民俗是最能透露广大人民历史生活的。

我在《红旗谱》中，大量运用了通过人物行动、通过人物对话来刻画人物性格。有时是写对话的本人，有时通过两个人的对话写另一个人的性格。

在创作中，我曾考虑过，怎样摸索一种形式，它比西洋小说写法粗略一些，但比中国的小说要细一些；实践的结果，写成目前的形式。我未考虑过用章回体写，……我想，如果仅仅是考虑用章回体写，不能用经过锤炼加工的民族语言，不能概括民族的和人民的生活风习、精神面貌，结果还是成不了民族形式……

《漫谈〈红旗谱〉的创作》

在《红旗谱》里，尖锐、复杂的斗争场景，被压迫农民在反抗斗争中相依为命的革命友情，以至于农村小儿女的心理、感情的变化，都写得那么深厚，那么有"人情"，那么有传统美德的神采和冀中风光的特色，活灵活现，沁人心腑。沿着斗争的主线不断发展的广阔的史诗性的情节，错落有致地交织着无数生活支脉，感情微波的细节，豪迈奔放、粗犷不羁的色调，也常常弹出细腻而优美的心声。

李希凡：《朱老忠及其伙伴们》

作者的高超之处，就在于把这些日常生活写得有声有色，平中有奇，生动感人，读来妙趣横生，引人入胜，并巧妙地与尖锐的阶级斗争联在一起，使作品的主线鲜明而不单薄，情节丰富而不芜杂。正是这种平奇结合的生动情节，使我们看到，在那个时代里，农民阶级与国民党反动派、封建地主阶级的对立和斗争，是农村中的基本矛盾，人们的欢乐、愁苦、爱憎、愤怒、兴奋、悲欢离合，人与人之间的关系、亲朋之间、家庭内部、男女爱情，无不在一定程度上，直接或间接地受这种斗争所影响、所左右，或明或暗地、千丝万缕地和这种斗争相联系。置身在斗争旋涡的朱、严两家不用说，就连"一家典型的小门小户""不多与别人往来，也不愿求人"的老驴头，也不能不受阶级对立、阶级斗争风雨的影响。他要老守田园、维持现状，让小小的院墙隔断外界的风雨，但偏偏是"一枝红杏出墙来"，大革命的风暴，打开了年轻人的心扉，他的独生女春兰在运涛的帮助下，参加了革命斗争，而由于春兰与运涛的倾心相爱，就不能不使他家的悲欢与革命的成败联系起来。不仅狠毒的冯兰池要夺走春兰，打破了他的平静，使他一反常态的怒打李德才，就连杀过年猪的平常事儿，也不可避免地与冯兰池承包全县的割头税和朱老忠、严江涛的反割头税斗争紧紧联系起来。……老驴头杀猪一节是写得十分精彩的，它的深刻意义，不仅表现了在那个时代离开了群众的力量将一事无成，入木三分地刻画了老驴头的"狭隘、保守"的性格，而且，令人信服地看到，在那个时代，生活的一切方面，都不能不与日趋尖锐的阶级矛盾和起伏腾跃的群众革命斗争息息相关，有力地衬托了反割头锐斗争的广泛群众基础和深远影响。

左振坤：《略论〈红旗谱〉情节的丰富性和生动性》

周立波

菊　咬[①]（《山乡巨变》节选）

　　周立波，原名周绍仪、周凤翔，1908 年生于湖南益阳。曾就读于上海劳动大学。1931 年在上海神州国光社任校对，同年参加左翼戏剧家联盟。1932 年因参加罢工被捕，1934 年出狱。同年参加左翼作家联盟，并任党组成员，参与编辑《每周文学》《文学界》《光明》等，同时从事著译。抗战爆发后曾任战地记者赴晋察冀抗日根据地采访。1939—1944 年在延安鲁迅艺术学院任教，又先后在《解放日报》《七七日报》《中原日报》《民声报》等报社工作。1946 年赴东北参加土地改革。1948 年主编《文学战线》，并完成长篇小说《暴风骤雨》。1949 年后，先后在沈阳鲁迅艺术学院、国家文化部、《人民文学》工作。1955 年冬自北京返回故乡定居，4 年后完成长篇小说《山乡巨变》。1979 年去世。

---

　　① 　自己利益看得重，难以讲话的人，叫作咬筋，又叫咬筋人。上面冠以本人名字的一个字，下面简称咬，或咬咬，也可以，如菊咬就是。

其作品以《暴风骤雨》和《山乡巨变》为代表，取材于变革中的农村生活，善于通过日常生活刻画人物，笔调轻松幽默，生活气息浓厚，擅用方言，具有鲜明的地方色彩和个人风格。本书节选小说的第六章。

邓秀梅跟亭面糊一起，沿着山边的小路，转回家去。亭面糊打着火把，走在前头，过一阵，就摇摇火把，把火焰摇大。干枯的杉木皮火把，烧得轻微地作响，把一丈左右的道路照得通明崭亮的，路上的石头、小坑、小沟、麻石搭的桥，都看得一清二楚。一路上，亭面糊不停地说话。一来了兴致，或是喝了几杯酒，他总是这样。他告诉邓秀梅说，有时自己不出来开会，倒会安心打瞌睡，是因为心里有底，党是公平正直的，不会叫人家吃亏。他是贫农，出身清白，凡是分得大家都有的好处，他站起一份，坐起也一份，不必操心去争执。他笑笑说："我又不像秋丝瓜、菊咬筋他们，难以说话，心像钩子，叫花子照火，只往自己怀里扒。"

"菊咬筋是什么人？"邓秀梅听到她不熟悉的人名，总是要寻根。

"菊咬筋么？你只莫提起，又是一个只讨得媳妇，嫁不得女的家伙，比秋丝瓜还要厉害。他姓王，名叫菊生，小名叫作菊咬筋，难说话极了。"

"今天会上开溜的，是不是他？"

"想必是他。"

"你看他会不会入社？"

"不晓得，猜不透他。不过他生怕吃亏，舍不得他那点家伙，其实也不是他自己的。"

"是哪个的呢？"邓秀梅觉得这又是新鲜的事情，好奇地忙问。

"是他满婶的，他是满婶房里的立继子。"

两个人一路闲谈着，不知不觉，到了家了。邓秀梅回到房里，收拾睡了。在床上，她盘算明天要去找人了解王菊生。她要查明，他从会上开小差，究竟到哪里去了。

　　第二天黑早，邓秀梅起床，用冷水洗了一个脸，出门去找盛清明。治安主任正在屋端菜园里泼菜，看见邓秀梅，他笑着招呼：

　　"秀姑奶奶，你老人家好。"盛清明一见熟人，爱开玩笑。他称这位二十来岁的女子作姑奶奶。"这样早，有何贵干呀？"

　　"要请你帮我了解一个人。"

　　邓秀梅进了园门，蹲在土沟里，帮助盛清明用手薅土里的乱草，问起王菊生。盛清明一边泼菜，一边说起这人的来历和品性。他说，王菊生的生身父母不住在本村，离开这里有五里来路。他是过继来的。立继本来轮不到他名下，他贪图这里的房屋、田土和山场，想方设法，巴结满耶。他长得高大、漂亮、伶牙俐齿，能说会讲，做田又是个行角，满耶看中了，指名要立他。有人劝这老倌不立继，开导他说："你有六七亩好田，饱子饱药，百年之后，还怕没得人送你还山？立什么继呢？一只葫芦挂在壁上好得紧，么子要取了下来，吊在颈根上？"老倌子哪里肯听？又有人劝他立菊咬的弟弟，老倌子打不定主意，菊咬晓得了，装作从容地跑去看望他，问长问短，一张嘴巴涂了蜜一样。他说："两位老人家都年高了，还要自己砍柴火，煮茶饭，做侄儿的，过意不去。我先叫我堂客来服侍一向，等你立好继，她再回去。"说得老倌子满心欢喜，连忙叫她搬过来。堂客进了门，菊咬筋和他的小女自然也都住进来了，立继的事，生米煮成了熟饭。强将无弱兵，菊咬主意多，堂客也不儿戏。她一天到黑，赶着两位老人家，叫"耶耶"，叫"妈妈"，亲热到极点，把老驾呵得眉开眼笑，无可无不可，逢人告诉说："一个好侄子，难得的是侄媳也贤惠。千伶百俐，心术又好，哪个说的，田要冬耕，崽要亲生呵？只要巴亲，过继的崽还不一样也是崽。"

菊咬搬进满耶家，不满一个月，老驾兴致棒棒地办一桌酒席，接了亲房、近戚和邻舍，还请了菊咬的生身父母，写了文据，叩了头，菊咬正式立继过来了。

立过来没有好久，菊咬就洒翅膀了。他先拿把牛尾锁把谷仓锁起，钥匙吊在自己的裤腰带子上。家里钱米，往来账目，一概抓在自己的手里，继父丝毫不能过问了。这头一着，就把老驾气得个要死，三番五次大吵大闹，说要分家，菊咬还他个不理。有一回，正在吃饭时，老驾又吵了起来，把筷子往桌上一掼，骂菊咬是混账家伙，横眼畜生，没得良心，把屋里的东西，一手卡住，分得自己没得闲事探。左邻右舍，都来看热闹。人们看见老驾气得口角喷白沫，青筋暴暴地。菊咬不回一句嘴，低着脑壳只顾扒饭。菊咬堂客起身到灶屋，舀一盆温水，恭恭敬敬端到老驾的面前，请公公洗脸。菊咬的小女，那时才四岁，放下饭碗，跑到祖父的跟前，滚在他怀里，卷着舌头，娇里娇气地叫道："爹爹，爹爹，我要吃茶。"老驾心软了，虽说嘴里还是不住地吵骂，但声音温和得多了。

人们劝慰了几句，看场合不大，渐渐散了。等人一走尽，菊咬筋满脸堆笑，细声细气地跟老倌子谈讲。他说，做崽的是怕老人家操多了心，身子有碍，才把家务事一概揽到他怀里，宁肯自己辛苦点，叫老人家多活一些年，享几年清福。如今老人家不肯放心，自己要管，他正乐得少吃咸鱼少口干，情愿把账簿、钥匙、谷米杂粮、大小家什，通通交出来，自己只认得做田，家里事无大小，都听老人家调摆。一席话，一句一个"老人家"，把老驾呵得不知说什么才好。账簿钥匙，他不肯收，叫菊咬照旧掌管。那一回以后，菊咬筋把钱米抓得更紧，老驾想吃碗蒸蛋，也得不到手了。

"你倒熟悉人家的情况。"邓秀梅笑一笑说。

"我吃的是哪一门的饭？不熟情况还行吗？"盛清明一边泼菜，一连接着说："老驾得了气喘病，隔不好久，就呜呼哀哉，一命归阴了。菊咬两公婆哭得好伤心，真不明白，这些人的眼泪是从哪里来的？他们的继母，跟继父一样老实，胆子更小。老婆婆娘家是地主成分。这个把柄抓在菊咬筋手里，把她管住了。其实，他继母十五过门，至如今整整有四十五年了，还算什么地主呢？菊咬堂客的娘家，也是地主，过门还只有十年，他倒不追究，两家来往很勤密。"

"不要扯他们的家谱了，依你看，他昨天从会上溜走，是不是他看岳家去了？"邓秀梅插断他的话。

盛清明停止泼菜，运了运神，才说：

"我想这时节，他不会去。"

"何以见得？"

"这位老兄财心紧，对人尖，笔筒子眼里观天，不过，要他跟地富泡到一起去，还不至于。"

"你不是说，他跟他岳家往来勤密吗？"

"那是在平常，这个时节他不会。"

"那你看他到哪里去了呢？"

"多半是到外乡的贫雇亲戚家打听合作化的事情去了。"

"他回来没有？"

"不晓得。"

"我们看看他去吧。"

盛清明泼完了菜，挑担空尿桶，跟邓秀梅一起，走出菜园，反手把竹篱笆门关了。到家放了尿桶，两个人就往王家村走去。

他们远远地看见，王家村的村口，有幢四缝三间的屋宇，正屋盖的是青瓦，横屋盖的是稻草，屋前有口小池塘，屋后是片竹木林。这就是菊咬筋的家。他们走近时，淡青色的炊烟，正从屋顶上升起，飘在青松翠竹间。

他们进了门头子，看见菊咬正在地坪里拿扫帚扫一条黄牯的身子。

"老王你打点牛呀。"盛清明笑着招呼他。

"是呀，给它扫掉点风寒。"吃了一惊的菊咬筋停了扫帚，回转头来，一边回答，一边把客人让进堂屋。请他们坐了，又叫他堂客出来装烟、筛茶。他自己坐在他们的对面，噙着烟袋，心里在想，他们一定是来催缴公债的，要不，就是为的合作化。

邓秀梅坐在上首的一挺竹凉床子上，仔细打量菊咬筋。她看出来，他就是她才入乡的那天路上碰到的那一个长个子农民。他相貌魁梧英俊不在陈大春以下。年纪约莫三十五六了，鬓边的头发略微秃进去一些，眉毛浓黑而整齐，一双栗色的眼睛闪闪有神光，看人时，十分注意，微笑时，露出一口整齐微白的牙齿，手指粗大，指甲缝里夹着黑泥巴。跟清溪乡的一般的农民一样，他穿一件肩上有补疤的旧青布棉袄，腰上束条老蓝布围巾。"看样子，是个一天到黑，手脚不停的勤快的家伙。"邓秀梅心里暗想。

"无事不登三宝殿，这些人这样早来，究竟是为什么事呢？"菊咬筋也在运神。他的闪闪有光的眼睛不停地窥察对方，想从客人的脸色上，看出他们的来意。他想，要是为办社的事，顶好不要叫他们开口，免得费唇舌。他先发制人，笑着说道：

"清明胡子你来得好，正要找你。"

"找我干什么？报名入社吧？"机灵的盛清明好像猜透了他的心事一样，故意这样地逗他。

"不是，"菊咬筋连忙否认。近几天来，只有这件事，使他感到有点子紧张，但他脸上还是挂着镇定的微笑，接着说下去，"我们屋里来了一个客，是我们老驾的外孙。他家里是地主成分。现在他们还在后房里，鬼鬼祟祟，说悄悄话。"

正在这时候，屋里出来一个小后生，挑担装满干红薯藤子的戽谷箩①。他跟菊咬打招呼：

"舅爷，吵烦你老人家了。"

菊咬的继母，一位六十来岁的小脚老婆婆，从房里出来。她穿一件新青布罩褂，下边露出旧棉袄的破烂的边子。她颤颤波波，走到阶矶上，回头跟菊咬说声："我走了。"就跟在外孙的背后，走到地坪里，菊咬的堂客和女儿，都在阶矶上，看着他们走。菊咬站起来，凝神注目把他外甥挑的戽谷箩看了一阵，转脸对盛清明说道：

"箩筐不轻，里边一定有家伙，我要去看看。"说完，他挟根烟袋，追了出去，盛清明怕他们出事，也跟去了。

邓秀梅走到王家灶门口，坐在灶脚下，一边帮菊咬筋堂客烧火煮饭，一边谈话。她问东问西，菊咬堂客心里不暖和，脸上还笑着，客客气气回答她的话。

---

① 一箩能装二斗五升谷米的小箩筐。

谈了一阵，邓秀梅起身，说要看看他们喂的猪。她从灶门口走进杂屋，那里有座小谷仓，仓门板子关得严丝密缝的，上面吊把铁打的牛尾锁。她想，这就是盛清明讲起的那一把锁了。就是这东西，替菊咬筋管住了要紧的家当，把他继父气得生了气喘病。她好奇地仔细看了这把黑黑的粗重的铁锁，没有钥匙，不要说是老人家，就是年轻的猛汉，也打不开的。她走进柴屋，发现那里起码好几十担干的和湿的丁块柴；走到灰屋，那里除了大堆草木灰以外，还有十担左右白石灰；走进猪栏屋，看见那间竹子搭的，素素净净的猪栏里关着两只一百多斤重的壮猪，还有一只架子猪。猪栏的竹柱子上，有张褪了色的红纸条，上面写着"畜财兴旺"四个字。

菊咬筋的堂客和他的女儿，跟在邓秀梅背后。小姑娘噘起嘴巴，一声不响。她的身躯略胖的妈妈，也是问一句，答一句，显出不耐烦，但又无可如何的样子。

在这同时，老婆婆和她的外孙走到下边邻舍家门口，被菊咬赶上。

"翁妈，"他照女儿的口气叫他继母，"你老人家停一停，我有句话说。"

后生子把箩筐放下，翁妈子停了脚步，坐在邻家门槛上。几家邻舍的妇女和小孩都拥出来，围住他们看热闹。盛清明也赶上来了。

"要不要搜搜他们的箩筐？"菊咬悄悄地机密地跟盛清明商量。

"搜什么？"盛清明瞅他一眼问。

"箩里有家伙。"

"有家伙也不能搜，人家没犯法。"盛清明猜透了菊咬筋的假公济私的用意，坚决制止他。菊咬断定，那些干红薯藤下边，准有东西。存心想要怂恿治安主任揭开这秘密，好当人暴众，丢继母的丑。遭到盛清明的拒绝以后，他不甘心，站在那里，枯起眉毛，又心生一计，他走到老婆婆跟前，含笑问道：

"翁妈，你到妹妹那里，要住好久？"

"十天半月不一定。"胆小的老婆婆心里不高兴，嘴上还是不敢不回答。

"如今家家的口粮都有一定，你不带米去，人家如何供得起？你先不要走，我去借一斗米来，给你带去。"

左邻右舍，听到这席话，都觉得奇怪。他们晓得菊咬筋是个啬家子。去年，他家杀了一只猪，自留三腿肉，只肯拿出一腿来，卖给周围二十户人家。"这一回，他怎么变得这样慷慨，这样体贴别人了？"正在这时候，他肩了一撮箕白米，赶得来了。

"这一斗米，你老人家先拿去，不够，再带信来，我给你送。快把红薯藤拿开，好倒米。"

"你放下吧，我自己来倒。"继母不肯当他的面拿开红薯藤。菊咬筋把撮箕搁在一边，一手用力把继母拂开，一手揭起红薯藤。他得意地笑了，招呼盛清明和左邻右舍说道：

"你们来看看，我们屋里出贼了。"

大家走拢去一看，箩筐里放着两个小白布袋子。菊咬筋解开袋子口，亮给大家看，一袋是荞麦，一袋是绿豆，还有约莫一斗粗糠子，垫在箩底。继母又是羞愧，又是气愤，半天说不出一句话来。菊咬站在一边，对人冷笑道：

"真是生成的，她明的要，我哪里有不给的呢？偏偏要这样，东摸一把，西拿一点。"

“绿豆、荞麦，都是我自己种、自己收的，几时变成你的了？”老婆婆隔了一阵，才声辩一句。

“糠呢？”菊咬筋轻巧地笑一笑问道。

“糠是你一个人的吗？”笨嘴笨舌的老婆婆又顶了一句，但也说不出更多的话来。

“好吧，好吧，不必再说了。”菊咬连忙说，“这米还是给你，我这个人是八月十五生的糍粑①心。”他指挥外甥：“你把糠归到一个箩筐里去，我好倒米。”

米倒进去，箩筐都收拾好了，老婆婆跟着挑担的外孙，又动身上路。菊咬站在人堆里，望着他继母渐渐远去的瘦削的、微弯的背脊，摇摇头说：

“唉，真是生成的。我们两公婆恨不得把心都掏出来给她，她的心里只有她的女。我们的粮食，她明拿暗盗，也不晓得运走多少了。”

“你的仓不是上了锁吗？”盛清明顶他一句。

“外边也还有东西，糠就放在灶门口。”

“老王，我劈句直话，你不见怪好不好？”盛清明说。

“你讲吧。”

“她把一个家务给你了，如今到女屋里去，只拿点糠，你就说她是偷的，拿自己的东西，也算偷盗，世界上有这个理吗？”

“哪个说，她把什么家务给我了？她的家务在哪里？”

---

① 糍粑：捣烂了的糯米饭做的粑粑，很软；这里是形容心软。

“在王家村。有两石田①，一个瓦屋，还有一座茶子山。”盛清明笑着给他开了一个大略的账目。

　　“她这些东西，我们要不来，早都卖光了，还等今天。”

　　“你凭什么，猜她会卖光？”

　　“田没得人做，她不会坐吃山空？”

　　“他们还是全靠你啰？”

　　“对不住。”

　　“你没占便宜？”

　　“当然没有。”

　　“那你当初为什么争着要立过来呢？”

　　“我争，是我一时糊涂了。认真摸实讲：不立过来，我就不会划一个中农。”

　　“这样说，你吃亏了？”

　　“是呀。”

　　“你说吃了亏，我把我分的田土山场，和那个茅屋子，跟你换一换，好不好？尽你一个人吃亏，我过意不去，我也吃点亏，住几年瓦屋，试一试看。”盛清明俏皮地说，旁边的人都笑了。

　　“好呀，那有什么不好呢？”菊咬红着脸，一边走开，一边这样说。

　　“慢点走，我要跟你去。”盛清明笑道。

　　“你去做什么？”旁边一个后生子发问。

　　“去跟他换屋，免得尽他一个人吃亏，俗话说，吃得亏的是好

——————

　　① 一石田是六亩三分。

215

人。"盛清明笑道。

"不要闹了，人家脸上泼满猪血了，还讲，他会来煞你了。"

菊咬掉转头走了，盛清明也真的跟在他背后，但他自然不是去换屋，而是去邀邓秀梅。到得王家村，正碰着邓秀梅走出了王家，两个人一块儿走了。

等他们一走，菊咬堂客就对菊咬大骂邓秀梅：

"晓得哪里来的野杂种？穿得男不男，女不女的，是样的东西都要瞅一瞅，不停地盘根究底：'仓里有好多谷呀？猪有好重？牛的口嫩不嫩？'问个不住嘴，是来盘老子的家底子的么？婊子痫的鬼婆子！"

"这一家要耐烦地教育和发动，不能性急。"邓秀梅一边走，一边告诉盛清明，"你这方面，倒是要留神考察，看看他岳家对他是不是有一些影响？"

选自《周立波文集》第 3 卷

上海文艺出版社 1982 年版

作家的话 ◈

（亭面糊、王菊生、陈光晋等）这些人物大概都有模特儿，不过常常不止一个人。比方，王菊生的形象，有些是我的一位堂弟的缩影，有些是另外两个富裕中农的行状。……

塑造人物时，我的体会是作者必须在他所要描写的人物的同一环境中生活一个较长的时期，并且留心观察他们的言行、习惯和心理，以及其他的一切，摸着他的生活的规律，有了这种日积月累的包括生活细节和心理动态的素材，才能进入创造加工的过程，才能在现实的坚实的基础上驰骋自己的幻想，补充和发展没有看到，或是没有可能看到的部分。

《关于〈山乡巨变〉答读者问》

评论家的话 ◈

《山乡巨变》较多采用纤细的笔墨，对于时代风貌它着重从侧面来进行描写，有关日常生活和风土人情的描绘，在书中占较多的篇幅。但作者总是力求透过一些看起来很平凡的日常生活事件，来显示出它们所蕴藏的深刻的社会意义，透过个人的生活遭遇和日常言行，来挖掘人物性格中的社会内容。它的最令人击节赞赏的艺术特色，就是能够用寥寥几笔，就活灵活现地勾勒出一幅幅人物个性鲜明的速写画……作者用在菊咬身上的笔墨较少，但仍写得有声有色，情貌无遗，这完全得力于作者善于选择几个有典型性的细节……《山乡巨变》的另一特色，是同样善于用寥寥几笔，勾勒出一幅幅饱含着诗情画意的风景画和风俗画，使全书抒发着浓郁的生活气息，弥漫着清新的泥土芬芳，呈现着明丽的地方色彩。

黄秋耘：《〈山乡巨变〉琐谈》

痖 弦
红玉米

　　痖弦，原名王庆麟，1932 年生于河南南阳。早年毕业于台湾政工干部学校影剧系，曾在美国爱荷华大学作家工作室从事研究，获美国威斯康星大学文学硕士。曾任《幼狮文艺》主编，台湾文化大学、东吴大学副教授，台北《联合报》副刊主编。1952 年开始写诗。1954 年与张默、洛夫等创办著名的创世纪诗社。进入 20 世纪 70 年代中期后，已很少写诗。其诗风谨严而富于开拓性，将民谣写实与心灵探索相互结合，成为台湾现代诗的代表诗人之一，影响深远。主要诗集有《痖弦诗抄》《深渊》《盐》等，另有《痖弦自选集》《痖弦诗集》印行。

宣统那年的风吹着

吹着那串红玉米

它就在屋檐下

挂着

好像整个北方整个北方的犹豫

都挂在那儿

犹似一些逃学的下午

雪使私塾先生的戒尺冷了

表姊的驴儿就拴在桑树下面

犹似唢呐吹起

道士们喃喃着

祖父的亡灵到京城去还没有回来

犹似叫哥哥的葫芦儿藏在棉袍里

一点点凄凉，一点点温暖

以及铜环滚过岗子

遥见外婆家的荞麦田

便哭了

就是那种红玉米

挂着，久久地

在屋檐底下

宣统那年的风吹着

你们永不懂得

那样的红玉米

它挂在那儿的姿态

和它的颜色

我的南方出生的女儿也不懂得

凡尔哈仑也不懂得

犹似现在

我已老过

在记忆的屋檐下

红玉米挂着

一九五八年的风吹着

红玉米挂着

一九五七年十二月十九日

选自《痖弦诗集》

台湾洪范书店 1981 年版

作家的话 ◈

　　意象要有约制，不能挥霍，要精简、精审地处理……用最少字数表现最大的内涵；以有限表无限。

《痖弦谈诗》

评论家的话 ◈

　　怎样纯正清澈的一种声音！音乐家据此可以顺畅地写出一部"北方交响曲"；怎样鲜活明快的一些意象，艺术家们据此该生发多少灵感？被放逐后的记忆，记忆中的人生、家园、故土以及历史与文化情结，全被那串火焰般燃烧在记忆之屋檐下的"红玉米"点亮了，如暗夜中的烛光，如漂泊途中的篝火，一点慰藉，一种依托。而陌生的南方的土地不懂，在这块土地出生的女儿不懂，犹如异质文化下的凡尔哈仑不懂一样。家园（广义的）的失落、传统的隔断、文化乡愁的郁结，等等，尽在这流失的存在之中，在那串对北方的红玉米的记忆之中了。

　　读这样的作品，常使我想到一个问题：对于诸如痖弦这样的诗人来讲"形式"意味着什么呢？是自然，是"水到渠成"，是风的律动、树的呼吸、潮水的起伏，是那串"红玉米"就那么平平实实顺顺溜溜鲜鲜亮亮地挂在"记忆的屋檐下"，然后倾听"宣统那年的风吹着"……于是我们发现，在真正成熟和优秀的诗人那里，对经验的整理和对语感（结构、形式）的吁求是同步完成的，是一种流泄而非操作。一切取决于心态，放松、洒脱、沉凝、自如地呼吸、倾听和述说。这一点在痖弦身上表现得特别突出。在他几乎所有的作品背后，都有一种声音的存在，一种超然、太和、明澈的声音背景的存在。我觉得，其他所有的形式要素，都是由这声音导引而出的。

沈奇：《对存在的开放和对语言的再造——痖弦诗歌艺术论》